红棉花开

携手小闺蜜
黑马笑西风

王璐 著

中国纺织出版社有限公司

内 容 提 要

《携手小闺蜜，黑马笑西风》的作者记录她第一次以自驾方式带着小闺蜜——女儿去美国旅行，第一次踏上太平洋彼岸的土地，第一次直面强烈的文化冲击，第一次强迫自己硬着头皮壮着胆子解决一个又一个问题。在旅行的过程中，作者从前期的胆怯与惶恐，慢慢变得坚定而自信，收获了自己的成长，也收获了美好的亲子时光。

图书在版编目（CIP）数据

携手小闺蜜，黑马笑西风 / 王璐著. -- 北京：中国纺织出版社有限公司，2025.2
（红棉花开）
ISBN 978-7-5229-1776-4

Ⅰ.①携… Ⅱ.①王… Ⅲ.①散文集-中国-当代 Ⅳ.①I267

中国国家版本馆CIP数据核字（2024）第096687号

责任编辑：刘梦宇　责任校对：高　涵　责任印制：储志伟

中国纺织出版社有限公司出版发行
地址：北京市朝阳区百子湾东里A407号楼　邮政编码：100124
销售电话：010—67004422　传真：010—87155801
http://www.c-textilep.com
中国纺织出版社天猫旗舰店
官方微博 http://weibo.com/2119887771
北京虎彩文化传播有限公司印刷　各地新华书店经销
2025年2月第1版第1次印刷
开本：880×1230　1/32　总印张：72
总字数：890千字　总定价：680.00元（全9册）

凡购本书，如有缺页、倒页、脱页，由本社图书营销中心调换

序

第一次出那么远的门,跨越了半个地球,在语言能力一般般的情况下,我要去闯一闯美利坚合众国。一切看上去新鲜的体验,于我,都是挑战。

假如我是一个人去也就罢了,流浪街头也好,走错路也好,只要有心理准备就不怕了,偏偏我还要带着女儿——她时年9岁,我自己只不过是株风中摇摆的狗尾巴草,却硬要装成一棵参天的大树,心理压力好大;假如定好了行程、住宿,有当地朋友接待陪同或是可以去当地参团,我也不用担心,而我却天性怕约束,硬是要自由行,自由到连行程也不愿预定,想着走到哪算哪;自由行也可以,在城市中带着女儿逛逛,买张汽车票、火车票或是机票,换个城市再转转,这样的事她3岁时我就做过,但这次却要换种出行方式——自驾;假如平日经常开车,起码熟悉这种交通工具,但偏偏我极少开车,我们国家的公共交通十分发达,我平常带女儿出门都会选择地铁或者公交，这次却要绕过小半个地球，到另一片陌生的土地上开车旅游。想来想去，唯一值得我欣慰的是，这个国家的交通规则也是靠右行的。

光出行前想到这么多问题，我就感觉这是一个不亚于让我去白云山上蹦极的挑战，但如今坐下来写字时才发现，对于我来讲，这趟旅程比蹦极的难度还是要高几个点。

临行之前，我也曾经拼命地要约个伴儿，费尽心力地动员一个朋友与我同行。

"自驾哎，多浪漫，多有趣，而且别怕，那边人开车都很守规矩的，不会乱加塞变道，很容易开。一起去吧，主要是我开，你只要在我累的时候替换一下，或者全部我开也没问题，陪我讲讲话，帮我看看地图，查查路标就行了。"

"自驾是很吸引人，不过我虽然有驾照，但从没上过路呀。"她有些心虚地说。

"正好啊，你不是想找个车少的地方上路试试吗？美国西部哎，在国内你找得到这少车的公路吗？还配上这么好的风景，简直是练车的天堂。"

任我舌绽莲花，朋友只是笑笑，却不接话。

我继续鼓动："自由行多好，想走就走，想停就停，看哪儿风景好，想停多久就停多久，所以我也没定行程，万一想在哪个地方多住两天呢？"

"的确是啊，这样才好玩，听上去很令人心动啊。"

"心动不如行动，办签证，订机票，现在都还来得及，不要再犹豫了。"

"可是，我得回家去问一问。还有，我还得请假呀。"

"只要你想去，就肯定去得成，家人还不是得尊重你的意见。还犹豫什么？请假？你不是有年假吗？想休一定可以休得成，这事就算定了啊，到时候机场见。"

朋友终于露出了一副动了心的模样，我便觉得千妥万妥了。

当我自以为没问题了，乐滋滋地回去后，刚过了两天，朋友给我留言：不好意思，假没请下来。

走之前，我有种近乎疯狂的焦灼，行走坐卧，无时无刻不在想象自己在大洋彼岸会面临的种种困境。

一次在电梯中，我对女儿说："宝贝，万一我们回不来怎么办？"

女儿很懂事地安慰我说："没事，老妈，我很听话的，不会丢。"

我苦笑着说："妈妈是怕自己走丢。"

女儿丢给了我一个晕倒的表情。

出发的时间一天天临近了，我在焦灼中，定下了洛杉矶和拉斯维加斯各两天的酒店，心稍稍安定一些，这样一下飞机就有地方去。

车子也租下了，我反复比较过几家租车公司，也没得出什么结论，最后还是从国内一家租车公司下了海外的订单，并带回了一个带中文的GPS定位器，拿回家给女儿看："这个是我们到美国后用来指路的GPS定位器。不过现在不能用，里面装的是美国地图，没有中国的。"

女儿拿过去研究了好久，我好奇她在研究什么。凑过去看，她居然在里面发现了游戏，玩了起来。我看着这个小小的"猪队友"，叹了口气，只求她不要太拖我后腿。

出行前的准备，也包括去图书馆借了一堆旅游的书，大致分为三类，第一类是自助游手册、美国地图、各州简介、必去的景点等，和女儿一起翻了一下，从地形、地理、自然风光上对美国有了大概的了解；第二类则是一些个性化的游记，比如一本写如何在美国骑行的书，从中可以了解到美国的风土人情、社会常识等；第三类则侧重亲子游方面，与全世界的妈妈们隔空交流了一下带孩子出游的注意事项与收获，印象最深的是一位韩国妈妈，她专门辞职带孩子在欧洲游了88天。最后，我从网上下载了一些实用攻略，如何吃住、如何租车买保险、如何规划路线、如何拍照等，最后再下载几个实用的应用软件在手机上。

我没有提前规划详细的行程，因为我选择的这条路线是不知多少人走过的经典路线，我只要有个大概方向就可以了。这一路上有繁华的大城市、优美个性化的小镇、湖光山色的国家公园、各式各样奇特的地质地貌、绝美壮观的太平洋沿岸风光以及成群结队的野生动物。

订好了机票，定好了时间，一切都是没有退路的。

我和女儿一起，背着背包，拖着行李，表面上镇定自若地赶车到机场、办登机手续、安检，实际上直到登机的前一刻，我心底的两个小人，都没有停止疯狂地打架，撕裂的内在，几乎让我神志恍惚。每一秒，我都有放弃行程回家的冲动，但幸运的是，我还是动用了"洪荒之力"压抑住了内心的这股冲动，直到被安全带绑到座椅上时，我才算彻底地放弃了胡思乱想。

当十几小时之后，我重新踏在土地上时，先前假想出来的种种问题所引起的焦灼便不见了，其实是根本没有时间去想了，一个个真实的问题摆在面前，又没人可以依赖，看看身边的小丫头，为了她也得往前冲啊！

真正不躲不闪地冲上去时，我发现那些问题很快便迎刃而解了，就连我之前最担心的，需要独自一人在二十天内，开上将近一万公里路的问题，也消失不见了：每天早上坐进车里，打火、挂挡、启动，然后倒车、上路，注意路上行人、车子、交通标志，一连串无意识的动作之后，便专注于今天的目的地了，哪里有心思去想那一万公里的事。看似不可能的挑战，就在眼前展开的公路上，一公里一公里地不见了。

而这个过程也并非全是枯燥辛苦之感，当我熟悉了GPS定位器，驶上了美国的高速公路后，我非常享受这种自驾旅游的快乐，并沉浸其中：在天地之间，自由驰骋，心无挂碍，唯有一往无前！

一个人带孩子去那么远的地方旅游，很多人第一感觉会是：哇，你好厉害！怎么做到的？会不会很累？会不会发生意外？碰上危险怎么办？碰上坏人怎么办？孩子丢了怎么办？

可能我是个大大咧咧的妈妈，开始设想的种种困难，没有一个是关于孩子的，我似乎从来没有担心过她会出现什么不好的状况，在我心中，女儿比我更能干，适应能力更强。

以前的经验告诉我，一则，她已经9岁了，绝大部分时间中生活可以自理，又比较乖巧听话，很省心；二则，在她很小的时候，我就开始一个人带她出去旅游，她也积累了不少经验；三则，她一向身体健康，能吃能跑能跳能玩，可以充分享受旅游的快乐；四则，其实孩子是妈妈勇气的来源，只要看一看身边那个柔弱的小身躯，相信每个妈妈都会立刻化身为赤手空拳打天下的超人和万事难不倒的智慧女神。

此刻，坐在家里回想整个旅程，觉得把女儿放在一个附属的地位似乎太轻视了她的作用，我觉得她更像是我的一个亲密小帮手，一个平等的旅伴，除了能给我带来勇气和信心外，她也实实在在地帮了我许多忙：我开车时她陪我聊天解困，给我递东西吃；急刹车后，她会捡起掉落的东西；我问路时她看着行李；住下后她帮忙从车上取东西；离开酒店时，她会检查有没有东西遗落等。

所以，一路上我与女儿也一直非常平等地交流着，行程安排都会征求她的意见，我相信她的智力与能力，她也给我带来了数不尽的惊喜；她的充分参与，让我俩的行程顺利平安，充满着探索的乐趣和随遇而安的意外惊喜。

如果问，这么一大一小全须全尾地回来了有什么心得体会？那我觉得最重要的就是，千万不要做那种出一点状况就大惊小怪的神经质妈妈，套用哲人的一句话：这个世上除了生死，没什么大事。既然没大事，那么就不需要紧张，妈妈情绪的稳定，会带给孩子安全感；孩子有了安全感，她会变得安静、快乐，妈妈开车时，她会自己安排自己的消遣，有点小问题，她自己就可以处理了；孩子的省心乖巧，更可以解除妈妈的焦虑不安，让妈妈腾出时间和心情，去享受旅游的快乐和美景，冷静且游刃有余地处理突发事情。这样，就形成了一个良性的循环，而这一切最关键的触发按钮就在于妈妈的情绪要稳定。

王璐

2024 年 1 月 18 日

目 录

001　出发与偶遇
006　打碎重拼的作息
010　溯缘古港
013　新大陆初印象
016　烤煳的面包
020　撞　车
028　第一次自助加油
033　街头艺人与求婚
038　公交一日行
042　醒脑神曲
046　大盐湖的死鸟
054　家族研究
059　打扰了，请问卫生间在哪
063　超市里的小设计
068　美得令人心碎的小镇
076　瓦尔登湖
080　搭便车

085　野牛群

090　熊出没

098　骑　马

105　随心而行

110　墨西哥快餐

115　美国大饭店

119　只卖给开车的人

122　时间胶囊

126　重返城市

131　斯坦福大学的故事

134　海滩，海滩，海滩

138　象海豹的栖息地

141　不提前订房的教训

145　超慈爱的老夫妇

151　迪士尼乐园之坎坷入园路

157　迪士尼乐园之敬业的人

161　顺利还车

164　食太难，难于上青天

176　平等与赞美

180　后　记

出发与偶遇

出发前,女儿自己收拾行李,已经像模像样了。

她拿出自己的粉红色蝴蝶形箱子,往里面塞了裙子两条、短袖长袖衣服各一件、长裤两条、厚薄外套各一件、内衣若干,穿凉鞋,再备运动鞋和拖鞋各一双;背着迪士尼公主的小背包,装上作业、书、纸、笔、彩铅等,再斜挎了一个保温水杯。收拾好了后,她站在打开的箱子前,很豪气地对我说:"老妈,我箱子还有空,你有装不下的东西尽可以放过来。"

此刻的我正对着镜子纠结,是带长裙好,还是长裤好?听见女儿的话,回头看看自己的箱子,并不比女儿的箱子大,除了自己的衣物外,还要装上共用的洗漱用品、一个小毛巾被、相机、GPS定位器,以及预先打印的一堆住宿订单、电子票据、简单的行程攻略等,实在是需要占用她的空间了。

女儿从一开始,就主动和我一起分担旅程责任,而不是单纯地做个享受者，我当然不能辜负她的好意了，于是毫不客气地把放不下的东西均摊到她的箱子中了。

走出家门的那一刻，旅行便已正式开始了，虽然周边还是熟悉的事物，却也要开始面对不同的问题了，尽管做了许多准备，却还是免不了对意外的担心和对未知的恐惧。

行程是要先坐大巴到香港机场，然后从香港坐飞机，经停台北到洛杉矶。我提前一周从网上订了大巴的电子票，乘车点就在离家不远的酒店。

我们提前一小时就出门了，预留了早饭的时间。我的行为还是挺老派的，像我的父母辈一样，一定要留下充足的提前量，宁可到地方等，也不想让自己着急忙慌地赶路，掐着点到。

行程开始了，顶着因昨夜没有休息好浮现出的黑眼圈，我的亢奋无法压抑，满心的亢奋，与一点点担忧、一点点焦虑、一点点憧憬，全都混合在一起，化作无数的废话对着女儿倾倒个不停：在路口的小店吃早餐时，说到美国连早饭都是汉堡、薯条和可乐；过马路时，我一手拖着箱子一手拉着女儿，说到了美国，一定要记得遵守交通规则，那里的车子都开得飞快；来到酒店大堂，我对女儿说，不知道美国的酒店是什么样子，如果有人帮忙拖行李，是不是要准备好小费；等等。我向女儿唠叨着我从书本上了解到的美国，想着此刻的美国应该是晚上，而且还是在地球的另一面，多神奇啊。

在大堂等待期间，我反复地跟大堂经理确认，是不是在这里等车，需不需要换票，一会儿车来了，有没有人喊我们等，因为是电子票，总觉得手中没有凭证没着没落的，生怕被大巴车落下了，每天就这么一班车，错过了就会影响后面的一系列行程，后果不堪设想。

人的兴奋快乐，像是沸水上的泡泡，无法控制地翻滚喷涌，而且总要有一个发泄的渠道。

大巴来了，原本空空荡荡的酒店大堂，不知道从哪里出来了十几个人，有人拖着大箱子，有人只背了一个小包，安静而迅速地排成一队，在一个皮肤黝黑的中年女子那里检票后，大家有序地坐上大巴。

从这一刻起，我就有了一种奇怪的感觉，仿佛之前自己做的种种准备，终于得到了确认，一项项在心底盘旋已久的计划，现在总算进入了正式的执行流程，开启了验证的大门。

当然，就算顺利坐上大巴，也不过代表暂时可以安心两小时，后面还有换登机牌、安检、过海关、找登机口等许多关卡待我闯，虽然事先都做好了攻略，也备足了每一道程序所需的文件和资料，但我心中仍是惴惴的，不坐到飞机上，都不敢放松下来，生怕哪一关出了意外。

经过大巴上的心态调整，我终于慢慢地沉静了下来，看着身边对我无比信任的小丫头——她除了兴奋还是兴奋，我深深地吸了口气，告诫自己冷静再冷静。最坏的结果能怎样？过海关被拦？钱包被偷？行李被抢？只要一大一小平平安安在一起，那么别的任何情况，都是我可以接受的。

尽力放松下来的我，开始试着享受旅行的快乐了。旅行不仅仅是在电脑前做计划时预想的快乐开始一件件落实，还会充满不期而遇的意外，想必有惊喜也有惊吓，我所能做的，还是调整心态，随遇而安，就算有惊吓，也要努力从惊喜的角度来看待它。

任何一件事都可以从许多不同的角度来看待，而角度不同对人的心态也会有着不同的影响，以不同的心态应对，最终可能导致事情向迥然不同的方向发展。所以，千万不要成为被脚趾缝中的石子毁掉的骆驼，那么"相信一切都是最好的安排"便成了最好的心态，要享受旅行中发生的每一件事。

到达香港机场正是中午12点，而航班是晚上7点多，足足有一下午的空档。我这个自由行的小达人当然不会让它白白浪费掉，我早就做了计划，提前订好了附近缆车的票。

因为是国际长途线，很早就开始办理登机手续了，所以换好登机牌，托运了行李，我们俩空着双手，背个小包，准备轻轻松松地过去坐缆车，来个半日游。

经过机场一楼，看见有一个简单的舞台，正在举行"香港艺术、文化与音乐巡礼"，台上是一些七八岁到十五六岁的孩子在演奏，表演用的并不是乐器，而是象棋盘、平底锅、木桶、杆秤等东西，他们表情专注、认真，仿佛置身于维也纳的金色大厅，随着节奏，一敲一击，一板一眼，无论下面的人是多是少，是驻足还是走动，他们都沉浸在自己的世界中；台下是步履匆匆的旅人，或拖着行李目不斜视地经过，或偶尔停下几分钟，再继续向前走，或是在附近办事，被音乐声吸引，循声找来，听上一曲，拍手鼓励一下，再继续忙自己的。台上台下似乎各不相干，却又同置身于音乐的旋律之中，在音乐的范围中，形成一个独立于机场大厅的小圈子，圈子里的人进来又出去，将这份音乐的记忆，带向世界各地。

我后来专门查了一下，这是为香港机场启用周年庆而举办的系列活动之一，直至12月底才结束，不仅有音乐演奏会，还有画展、摄影展、立体装置艺术展等，可惜我们当时不知情，且想着要去坐缆车，就没有在候机楼中闲逛寻找。

女儿被这些创意吸引住了，先是驻足聆听，再是走近了听，后来索性坐在了地板上，听了好久。我看了看时间，是充足的，便没有打扰她。

这场计划外的音乐会，是旅行一开始便带给我们的意外惊喜，让我对接下来的行程有了更多的期待，不仅有对文化多元性的期待，更有对行程不确定性中所蕴含的惊喜的期待。

打碎重拼的作息

　　5点左右，结束了香港半日游，我们安全地回到机场，通过了安检、海关这些我最担心的关卡，顺利地进到了候机厅，谁知竟遇上了航班延误，直到晚上10点才登机。对于多出来的三小时，我并不焦虑，刚刚闯过了所有的难关，此刻正好可以充分享受轻松一刻了。

　　香港候机厅很大，一进到这里，感觉就完全不同了，这里很像个小联合国，各种肤色、各种文化、各种打扮、各种语言，争先恐后全方位地向我们袭来，瞬间让我有了远离日常生活状态而不知身之所在之感，度假心情就来了。我一边根据电子显示屏找到自己的登机口，一边忙中偷闲地和女儿一起欣赏着这个小联合国的各位成员：右前方有一队身着白袍头戴红白方格巾的中东人走过；窗前，有三个金发女郎席地而坐，边聊天边吃炸鸡薯条；饮水机前，几位像是同胞的人正在排队接开水。

我们路过一个小小的儿童游乐场，看时间还早，我就让女儿在这里玩，我坐在附近刷刷手机、读读攻略、看看书。女儿把各种玩法都开发了一遍，最终还是无聊了，索性拿出了作业来写。

人在等待的状态下，似乎平常一切规律的活动都静止了：这个点该看新闻了，这个点该出去散步了，这个点该洗漱了，统统都停摆了。然而胃却按照它平常的规律运行着，好在女儿中午剩了点炸鸡块，下午当零食吃掉了，所以一开始也不饿，我晚饭很少正常吃，不饿也属于常态。

9:30，女儿说饿了。我安慰她，马上就登机了，一上飞机就会发晚餐，现在去吃东西会误了航班的，而且背包里还有一点零食。

话音刚落，航空公司就开始发三明治和水了，算是误机的餐补。

这对于女儿可是太及时了，她一拿到手就大吃起来，我平常这个点要睡觉了，是不愿吃东西的，就顺手塞进了背包里。女儿的三明治还在嘴巴里嚼着，那边工作人员就开始组织登机了。

因是晚点，所以大家动作都很麻利，飞机很快起飞，稍稍平稳后，空姐开始发餐了。

看着色彩缤纷的飞机餐，女儿又努力地吃了一部分。我的生物钟已经拨到了睡觉的点了，可是为了不浪费食物，我也很努力地配合，吃了点水果和面包，喝了点果汁。

这段航程只有一个半小时，感觉刚刚吃完饭，喝过空姐送过来的茶，就已经要降落了。

因为起飞延误，下一段航程也跟着延误了。一下飞机，就见机场工作人员举着大牌子指示。根本来不及问或想,过了一遍安检后,就一路小跑着穿过通道,中间站着指路的工作人员也都在催促着:这边,这边!

再登机时,飞机上已有很多人了,就是在等我们这个航班的人。

于是气喘吁吁地刚坐定,飞机又起飞了,看看表,刚过12点。女儿等到可以松开安全带后,就把我俩座位之间的扶手抬上去,再把自己舒服地放倒,盖好毛毯,不过几分钟,已经进入梦乡了。

我也困了,正想靠着小颈枕眯一下,空姐们又忙碌着发餐饮了——两段航程是同一家航空公司,所以餐饮如同复制的一样,我实在吃不下了。回想着这忙乱的三个多小时,居然密集地连发三次餐——嗯,正好是下午茶、晚餐、宵夜,倒也一次不落啊。

这时女儿躺在我腿上睡得正香,她的餐又原封不动地收回去了。

连续发餐给了我一种错觉,以为每隔三四小时就会有一餐,但谁知,这一顿过后就没动静了,没有吃的,连空姐都很少走动。

飞机的遮光板是拉下来的,灯光也暗下来了,整个机舱昏沉沉的,所有人都在睡觉。我是睡不好的,换了无数个姿势,就没一个舒服点的,这漫长的夜啊——也许是白天,因为偶尔有人打开遮光板时,外面亮得刺眼。

女儿在睡了9小时后,按她的生物钟醒了过来,伸了个懒腰,揉了揉眼睛,看看我,我压抑着心中的羡慕和嫉妒,毕竟是亲女儿,没法恨。

"丫头,睡得怎么样?"

"还不错啊!"

我想象着自己睁着两个熊猫眼,眼神散乱迷蒙,头发蓬乱,脸色晦暗的样子。

"老妈,我饿了,有东西吃吗?"

"在你刚睡觉时发过一餐,看时间估计很快会再发餐。要是等不及就吃点面包?还是上一趟飞机上的呢。"

"嗯,算了,我还是等一下吧。"

这一等,又是三小时,我也从登机时撑得要命,熬到了饿得要命,第二餐终于姗姗来迟——这算什么?早餐?午餐?晚餐?总之这顿饭刚吃完,我们就已经开始准备在大洋的彼岸降落了。

从香港登机开始,我的生物钟就是紊乱的,最神奇的是,落地时,我们居然又回到了登机的时间。

拖着疲惫的身体,带着踏上新大陆的亢奋,入关、取行李、出机场、打电话、等酒店的车,经历了这一系列磕磕绊绊复杂无比的程序以及随后迷路的小曲折之后,终于在不算繁华的暗夜中,看到酒店前台的亮光,这真如从地狱仰望到了天堂的光。

在酒店安顿了下来,女儿很快又适应了当地时间,呼呼入睡了,而我在疲惫之极补了两小时的"午觉"后,就睁着眼睛等天亮了。

小孩子对于环境的改变,适应能力之强,完全超出了我的想象,如今状况百出的不是她,而是我了,我在考虑,是否该换换身份,由她来照顾我呢?

溯缘古港

航班上，当空姐送完了餐，收回餐具后，所有的遮光板都合上了，机舱里的灯也一盏盏地熄灭了，仅留少量微弱的灯光，所有的人也停止了说话，像有一双无形的大手，将人们一个个地调整到了睡眠模式。

我计算了一下行程所需时间，算上转机时间，加上从广州到香港的时间，也不会超过20小时。而差不多的行程，放在两百多年前，却要花去人们半年的时间。这两百多年，不仅见证了一个大国的崛起，更见证了一个文明古国经历了凤凰涅槃般的浴火重生，令人一念而起，赞叹不已。

广州这座城市，与美国的渊源可是颇深的。

最早的缘分，要追溯到1784年2月22日。那天，纽约还处在冬天的寒风之中，一艘长35米、宽10米、吃水深度为5米的帆船，从纽约港启程，人们不约而同地聚集到了港口，看着这艘满载着美国人希望和梦想的"中国皇后"号商船驶离港口,它的目的地就是广州的黄埔港,也是当时中国唯一对外开放的门户。

送别的场面颇为热烈,人们冻得鼻子通红,却也抑制不住脸上的兴奋与憧憬,他们兴高采烈地交谈着,描述着关于东方的故事。美国当时刚独立没多久,英国正处在日不落帝国的鼎盛期,对其极尽打压,多方限制,美国急需开辟出一条新的海外贸易路线,这时他们盯上了强大富裕的东方古国,从船的名字似乎都可以触摸到美国人极力想与中国交好的心态。

"中国皇后"号一行43人,载有人参、毛皮、羽纱、胡椒、棉花等货物,浩浩荡荡地开向中国,在大海上漂泊了半年,终于,于当年的8月28日,顺利地驶入了黄埔港。进港的时候,"中国皇后"号鸣响礼炮十三响,代表着美国初创时的十三个州,这时,停泊在港内的其他各国商船也纷纷鸣炮回礼。

当年,广州的黄埔港真可谓是万国旗林立,商船如织,日夜不息。那时候,外国人不能随便和中国人直接做生意,必须经过中国商行的代理,这催生了一大批从事买办、中介、翻译、跑腿等工作的人。

我不止一次去过今日的黄埔古港,港口因年久已经淤塞,夕阳下的水面,泛起粼粼波光,人们只能从保存下来的画作和想象中,去复原曾经的辉煌,那个粤海第一关旧址,也已经变成了古港历史的纪念馆,两百多年过去,早已是沧海桑田了。

"中国皇后"号在广州停留了4个月,顺利发卖完带来的货物,并采购了大批中国的茶叶、瓷器、丝织品、象牙扇等特产,满载而归,又航行了5个月回到了纽约,人们又像迎接胜利归来的英雄一样,欢迎这艘跨越半个地球、联系东西方的航船顺利返港。

中国的商品一回到美国,很快就被抢购一空,广州就成了美国人口中,神秘富庶的东方城市的代表。

当我在黄埔古港的博物馆中看到这段历史时,突然特别为我生活的这座城市骄傲。当别的地方的人可能一辈子都没踏出过他们生活的小村子时,这里的人,却早就见识过了来自全世界那么多国家的国民,见识过有着各种肤色和说着各种语言的人,感受着不同文化的冲击,在日常生活中,无意识地做着国民外交。

想到我所居住的这座城市,突然就觉得,我也和地球另一边的这个国家,存在着丝丝缕缕的联系,这种联系可能是一种文化交流后遗留下的生活方式,如黄埔村中那许多中西合璧的建筑;可能是一种语言沟通后留下的印迹,如把杂货店称士多店;也有可能是饮食中的悄悄变化,举手投足间行为方式的改变,甚至是深层次的思维、眼光的转变。

随着机舱内的灯一盏盏点亮,人们像冬眠的熊一样,纷纷从睡眠中醒来,皱着眉头适应了一下明亮的环境。厕所前排起了队,空姐们已备好了餐,推着小车开始送餐了。

这预示着,这段旅程即将抵达终点,而我真正的旅行,即将开始。

新大陆初印象

到美国的第二天,我睁着眼睛,看着窗外一点点泛起了白光,其间还饿得忍不住爬起来,打开行李,翻出了临行前从超市买的一包紫薯干,这原本是预备给女儿路上吃的。

以前总觉得这种东西太甜,我基本是不吃的,如今吃来,口感居然前所未有的好,甜度适中,嚼起来柔软不费力,一块接一块地吃起来,完全停不下来——饥饿是最好的美食催化剂。

吃完紫薯干,再爬上床,还是睡不着。正好国内是白天,那就聊聊微信吧,再拍张女儿睡觉的照片,拍张空调的照片——第一次见到一个像洗衣机一样大小、模样方正敦厚的空调站在窗下,最后又爬起来,整理在路上奔波了两天的日记和账单,甚至还洗了衣服。

天,终于亮了。我背上相机,迫不及待地出了门。

酒店对面是个租车点,前面有一大片停车场,正好有一架飞机从停车场上空掠过,我目送着它从湛蓝湛蓝的天空中划过;门前的公路并不宽，这个时间也看不到什么行人，车子也是很久才过去一辆；酒店门前有两片小小的花圃，开着几朵艳红粉白的小花，清冽的空气中透出点淡淡的花香；院内有一个自动售货机和一个自动制冰机，还有大红可乐罐状的汽水机；酒店是两层楼，楼梯在户外，就是个铁架子，刷着深绿色的漆；后院还有一个意大利餐厅，没有开门，看时间今天是周日，应该休息，户外的餐桌上还丢着客人留下的比萨包装盒及两三个纸杯、酒瓶，连椅子都保持着相对的姿势，想象得出昨晚星光下有一番畅聊。

近些年，随着去美国读书、旅游、工作、经商等的人越来越多，中美两国的经济文化交流也越来越深入，关于美国的文章、书籍、图片、视频以及更深入的研究也越来越多，我虽然是第一次来，但脑海中已经塞了不少关于美国的想象，如今也正好可以开始一点点验证了。

国内城市建设的飞速发展，使得美国的城市在那些留学生及游客眼中，再也不是现代化的代表了，甚至有人说，洛杉矶就是一个大农村，此刻看起来，有一点像，但细看又完全不像。

这里有着更多的空地，是那种像原始状态的空地，只有稀疏舒展的草和小花，以及一些自由生长的树，没有人工的建筑，没有庄稼，更没有菜地。这在国内并不多见。我记忆中皖北平原的农村，都是一片片麦田、玉米地、大豆、红薯苗等，房前屋后都是菜地。

这里目之所及没有什么高楼，平房居多，楼房也只有两三层，房子外表很是低调，大多是土黄色或是灰色，没有色彩斑斓的广告，没有夸大的招牌，也没有炫目的建筑。笨头笨脑的方块形房子散落在空旷的大地上，显得矮小朴素。街道安静，站在那里，似乎只听得到呼啸的风声。

这里属于美国西部，19世纪的西部片中，大批怀揣着对未来美好生活憧憬的人，来到西部，开荒垦地，放牧牛羊，不断地向西拓展，直至来到了太平洋岸边，才有了今天的洛杉矶。

我站在新大陆的土地上，努力让自己体会，这是在太平洋对岸，这里与我生活的城市隔着半个地球，这里的空气、水、土壤等，与我生活的城市是完全不同的，这真是一件很神奇的事。未来20天，我将在这片土地上有什么奇遇？我脑海中闪过的尽是些西部片中的牛仔、枪战、庄园等，不对，应该是宁静的小镇、苍凉的无尽高速公路、纸醉金迷的现代生活、文身的大汉与金发的女郎，还有奇装异服的各色人等。

我期待着即将开始的旅程。

烤煳的面包

在周边转了两三圈后,有些百无聊赖了,好不容易熬到了吃早饭时间,我迫不及待地叫醒女儿。此刻的我早就饥肠辘辘了,半夜的那几片紫薯干本就没让我吃饱,而上一顿饭还是在飞机上吃的。

酒店的自助餐厅已摆上了简单而色彩丰富的食物,牛奶、果汁、可乐、麦片、干果、巧克力圈和玉米片,切片面包及果酱,还有一台烤华夫饼的机子。

我第一次见到这个机子,一下子被它吸引住了。虽然并不是很想吃,但还是研究了一下。上面有图示,一步一步的,很清楚:倒点调好的面糊进去,把盖子压上,翻个个儿,过两三分钟烤好了,它会自动地"嘀嘀嘀"叫,然后打开,用铲子小心地取下来,一个外酥里嫩的华夫饼就出炉了。表面是一格一格的花纹,泛着诱人的金黄色,散发着牛奶和谷物的醇香味道,旁边还有一瓶枫糖浆,浇在上面少许,口感就更丰富了。

  这是女儿来到美国后吃的第一餐,她好兴奋,尤其是发现牛奶居然是冰的,可乐、雪碧还可以无限量畅饮,她小小的脸上,惊喜、得意甚至还带有几分狡黠之情,要知道这些在家里时都是受限制的。

  她无须我操心,自己就很熟练地给自己弄好了一份早餐。

  这时,小小的餐厅,又来了一家四口,他们都穿着T恤短裤运动鞋,是很普通的美国家庭。父母都是高大的身材,淡金色的头发;两个男孩子,大的有七八岁,小的不过四五岁的样子,都是一头柔顺的栗色头发,浅色眼睛,大的瘦瘦高高,鼻梁上洒满雀斑,小的还有着可爱的婴儿肥。

  这是我来到美国后第一次近距离见到美国家庭,忍不住悄悄地观察起来。

两个孩子自己过去取食物，如果前面有人，他们就自动在人家身后几十厘米处站着排队，最让我感觉诧异的是，两个孩子非常安静，没有打闹，讲话也是小声的，这种安静是心底的静，这一点从他们的表情上可以看出来，他们不急不躁，眼神平和。

此时，小的那个男孩子烤了一片面包，觉得火候不够，又重新放上去烤，这次再拿回来时，面包有一面煳了，煳得很厉害，约一半都已经发黑了。他的父母在旁边看着，什么也没说，仍安静地吃着自己的早饭。弟弟和哥哥交流了两句，似乎是在表达"你看，煳了哎"，边说边展示给哥哥看，一不小心还掉到了地上，他马上就捡了起来。

我暗暗猜测着他会怎么做：煳成这个样子，多半是要扔了吧，重新拿一块来烤。谁知，他开始用指甲抠上面煳了的地方，抠了几下，又停下来清理指甲。这时他才发现用指甲不仅不方便，而且效率还低，就改用一次性的餐刀来刮，一下、两下、三下，他很有耐心地刮着，黑色的面包屑落到了桌面上，他便用手收集后放进盘子中。做完这些，他就把面包涂上果酱吃掉了。全程都是他一个人在做，父母和哥哥都没有帮忙，也没有多说一句话。

餐厅里上演的这个无声无息的小插曲，令我感叹良多，我当时并不知这样的家庭教育在美国是占大多数还是少数，但这两个孩子的独立能力、遵守公共秩序的态度、对于食物的珍惜，无不展现着家庭教育的内涵。他们和我女儿是同龄人，我忍不住看了一眼旁边正在安静用餐的夫妻俩,原本很普通、很粗放的外表,居然由内而外地散发出了一种亲切感,假如我语言很好,估计要上去讨教一下育儿经验了。

  这时,阳光从窗外射进来,正照在夫妻俩身上,妻子下意识地躲了一下阳光,丈夫则略略眯起了眼睛,我在心底暗暗地笑了一下,原来大家都是一样的。

撞　车

来美国之前，我在国内就租好了车子，付了全款，按照要求准备好了驾照及翻译件、公证件，租车行离酒店不远，我就走路过去。

这是我第一次在国外租车，甚至是我第一次租车，一路上没少犯嘀咕，生怕语言不通、证件缺失，或是有什么始料未及的麻烦，还有租到车子后的种种担心，毕竟，在国内，车子还是一件昂贵的消费品。

然而一切都多虑了，租车行已有不少人，大多拖着箱子或背着包，像是刚从机场过来。大家在一条线前排着队，里面是一长排柜台，有四五个工作人员在办手续，哪个办完了招一下手，排队的客人就上去了。

很快就到了我。我排队时已经认真观察过了，也努力听了一下对话，所以很迅速地把准备好的证件、文件、打印出来的合同等都交给了工作人员，对方拿着我的护照，查到我的订单，很快就办妥了手续,把打印出来的订单交给我,并一项项给我讲解了保险内容,圈出了电话,告诉我出了任何问题都可以打这个电话。

我很顺利地拿到车后,特别兴奋。车是辆福特黑马,我已经好几年没怎么摸过车了,适应了几分钟后,才慢慢地开回了酒店。在接下来的20天内,我将在它的陪伴下,闯荡这片西方的江湖,无论前面会遇到些什么,这匹"黑马"都将是我最忠诚的见证者与记录者。

已经中午11点多了,我仍然决定利用今天剩下的时间,在市内找个小景点逛逛。女儿一副无所谓的样子,因为我们住在机场附近,早饭时她已经出门看了一下,目光所及的地方,既没有色彩斑斓的高楼、商场,也没有游乐场、超市、动物园等能引起她兴趣的东西,这里看上去就像国内的城乡接合部一样,都是色彩灰暗的平房,只是天空更蓝、街道更干净、人更少、植物更多罢了。

我打开手机上的应用程序,挑来挑去,决定去格里菲斯公园逛一下。根据攻略介绍,这是当地人常去的小公园,从山顶上可以清楚地看到好莱坞的大牌子。

女儿问:"能看到松鼠吗?"

来之前,她有一个好朋友在美国住了半年,跟她描述的是,在美国,家里、院里、街道上、公园里,到处都有小松鼠,所以女儿对于来到美国已经半天了,居然还没见到小松鼠有些失望。

我说:"当然了,那儿是公园呀,树上肯定都是松鼠。"虽然我也一样一无所知,但必须给女儿肯定的答复。

女儿便无可无不可地默许了。

定好了GPS位置，便出发了，第一次在美国开车，一切都很新奇，我不停地跟女儿说话。

"快看，美国的麦当劳，和国内有什么不一样？"

"看这里的房子，都是一栋一栋的啊。"

"看，教堂，这一路好像看到好几个了。"

"来，丫头，帮我拍一下这个，我稍稍开慢一点。"

"看远方，那边都是山啊。"

倒是女儿，表现得很淡定，嗯嗯啊啊地应付着我，我估计她在心里鄙视我吧，这些有什么好看的。

第一次在异国他乡开车，对于完全英文的世界还不适应，也根本不知道怎么看路标，碰到红灯也不知道可不可以右转，有时只顾看两边的风景或是标识，车子开得极慢自己也没感觉，但是也没有人按喇叭催我，走错路需要变道时，后面的车子立刻减速让我。

来到公园，才发现这里完全不是国内公园的样子，没有游乐设施，也没有什么商店，连道路都是简单天然的土路，脚踩下去，还会腾起一阵灰雾，一切都透着原生态的样子，放在三十年前，国内农村都是这样。

人们过来这里，就是遛狗、跑步、登山、徒步、野餐，做些户外运动，享受着大自然的环境。

我在洗手池旁边发现了一个有趣的饮水台，有一上一下两个水龙头，上面那个和国内常见的一样，没什么好说了，手指按下去，

一股细细的直饮水像喷泉一样冲出来，可是下面那个离地面很近的脚踏开关，是做什么用的呢？给孩子？也太矮了吧。我正疑惑揣测中，一个金发男人带着爱犬走来，他踩了一下脚踏板，下面那个水龙头就喷出了一股水，那只大狗就迎了上去，张开嘴喝水，我才明白这么低的水龙头的作用。

以前听说美国人爱狗，把养的狗视为家人，如今看到专为狗设计的水龙头，方知此言不虚啊。

女儿对于这种公园完全提不起兴趣，嘟嘟囔囔地说，想回去了，没意思，稍微走走就说困了累了饿了，要回酒店，就算是给她买了个海绵宝宝的冰激凌，也只让她配合了20分钟。

本来我还想好好转转，走走路，来个小型的徒步探险游，结果被她这样一搞，兴致全无了，连里面的小山也没爬。

回去吧，我再设了GPS定位，但是刚刚启用GPS定位器，还没完全摸清它的用法，按照它的提示开，左转、右转、掉头，开了好一会，总觉得哪里不对。

"妈妈，这个路刚才好像来过。"女儿坐在后座，边吸着冰可乐，边提醒我。

我也终于发现了，我好像就在公园附近打转呢。

我找了个路边停下来，研究了一下GPS定位器，重新设置了目的地，过了半小时，发现还是在打转，怎么回事？

我心里慢慢焦躁起来了，脑子断断续续地胡思乱想起来：这是在陌生的异国他乡，我语言也不好，问路能否表述明白？这满大街的人，连个亲切点的东方面孔都没有，这儿是什么路段？听说美国治安分街区的，转一个路口可能就从好的街区转到坏的街区了，万一这边治安不好怎么办？在美国可是合法持枪的，警察在哪？天哪，如果真在这异国街头走丢了怎么办？

就这样转到了下午4点钟左右，因为时差关系，我的眼皮慢慢开始沉重起来，精神渐渐地有些涣散了，反应也迟钝了，看着前面的车子，仿佛外面的世界在离我渐渐远去，女儿在后座已经睡着了，我只是在下意识地开着车。

前面车停了，噢，原来是红灯啊，我也停了下来，人停止了动作，眼皮掉下来我都没意识到，猛一激灵，醒过来，一看，还是红灯，我又放松了下来。

这时，我突然感到自己的车子似乎"咚"的一下撞到了什么，猛地一晃，吓得我一下子清醒了过来，发现脚下的刹车似乎没踩住。

我急忙踩死刹车，脑子中一团糨糊，心跳猛地加快，只是反复地想：发生了什么事？天哪，我是不是撞到什么了？怎么办？是撞到前面的车子了？怎么办？怎么办？我脑子中闪过许多碎片化的车子碰撞后扯皮的场景，瞬间还有一些后悔，好好的怎么非要来什么自驾？找不到路，发生交通事故，没完没了的扯皮赔钱，我不是没事找事？

女儿也被车子的晃动惊醒，迷迷糊糊地问了句："怎么了？"

我也顾不上回答她，挂到停车挡，然后拉起手刹，然后就不知道该做什么了。

要下车吗？若是在国内，前面车主早就应该下车，怒气冲冲地过来找我了，我等了几秒钟，前车没有任何动静，我都要以为刚才那一下响是幻觉了，前面车主过来了，是个棕色皮肤长得结实微胖的中年男人。

天啊，怎么办？我要赔钱了吧？赔钱还是小事，他如果是个坏人怎么办？要我赔多少？我的保险够不够，管不管这个？我该怎么去报保险？刹那间吓得脑子都无法控制自己的语言了。

我急忙也下车，想必是满脸的惶恐吧，他过来两车之间看了看，我没有任何可以辩解的，我的车子实实在在地"亲"上了他的车子，他很困惑地问了句："what's wrong?"

我也不知如何回答，想解释自己太困了，可混沌的脑子中根本找不到"困"这个字的英文，想着还是先道歉吧，于是说："I'm sorry!"

中年男子查看了一下自己的车子，发现不严重，又看了看我（我估计一副快要哭了的表情吧），居然对我说，算了，不要紧，你走吧。

这几句话我还是听懂了，但我却不相信自己的耳朵，仍旧傻傻地站着，嘴里喃喃地重复着"Sorry"，心里对他的话还没反应过来，也根本不敢想这件事就这样了结了。

他又重复了一句：算了。

他虽然没有微笑，但表情也并不严肃，说完他便转身回到自己的车里了。

我又呆了几秒，才冲着他的背影连说了好几句"谢谢"，再回到车上，然后看着他启动车子向前移动了半米。

我坐在车里，好半天都没明白过来，居然一起交通事故，就这样了结了？

女儿也从后座探起身来问："怎么回事？"

我愣了一下，回答她说："没什么。"

绿灯亮起，前车开走了，我才缓过劲来，他走了，他的确走了，这一场危机过去了，我从心理上感到安全了。这是在美国，一个遥远的陌生的国度，没错，车窗外全是英文，路上走着的，是各种肤色的人。

接下来，我再也不敢犯困了，找个地方停下来，好好研究了一下 GPS 定位器，然后也不知怎么设的，反正接下来运气好转了，居然慢慢地找到了回去的路。

  当我把车子开进酒店的停车场时,真心觉得,再没有比这个更开心、更令我轻松的事了,我终于成功地完成了第一次探险,又回到了这个临时但可以休息身心的安全空间了。

第一次自助加油

经过昨天的折磨及撞车事件,我回去后苦苦研究 GPS 定位器的功能,如今已经颇有心得,马上便要检验一下研究成果了。

今天是开往 650 公里以外的拉斯维加斯,早上定好目的地,退了房就出发了,按照 GPS 的指示,很顺利地开上了高速,心中的一块大石头总算落地了,解决了导航的问题,这下可以在美国任意驰骋了。

这个困难刚克服,我马上又面临第二个困难——加油。

取车时是满箱油,今天要开这么远的路,肯定要加油了。听说美国加油都是自助,我心中有些紧张,但是没办法,总得学一学啊。

我跟女儿说出了我的担心。我不介意在女儿面前说出我心中的困扰,因为我觉得这正是培养孩子责任心的好机会。

其实孩子天生是愿意帮助大人分担责任的,只是许多家长总会有意无意地剥夺他们的这种机会,用"小孩子懂什么,说给他们听就是浪费时间"作借口，来掩饰自己对孩子的轻视。

他们或许懂，或许不懂，出不了什么有用的主意，但是请不要忽略他们想帮忙的心情，家长要对这种心情表示尊重。

还有一种心态是，"不告诉他们是为他们好，他们只要专心学习就行了"。这是打着为他们好的旗帜，来培养高分低能低情商孩子的常用套路，渐渐地孩子就会变得冷漠不关心他人，觉得那是大人的事情，与我无关，对父母的关心觉得理所当然而不知回报。

我从女儿很小的时候，就开始跟她分享我面临的困难，也并不指望她帮我解决什么问题，但我逐渐发现，当我把困难跟女儿说了之后，我的心情一下子轻松了许多，那个困难似乎也不像憋在我心里时那样大了。而女儿每次不管懂还是不懂，都会非常认真地帮我出主意，也许开始时的主意很可笑，但慢慢地，随着年龄的增长，她出的主意也越来越靠谱了。

这次也是一样，我将心中的担忧说出来之后，便不感觉那么沉重了。

不会加油就学嘛，张口向别人请教又不丢人，听说美国人大多很热心，很愿意帮助别人，再说，加个油能有多难？

不用女儿安慰，说出来后，自己就能自问自答，给自己鼓励了。

正好前面就是休息区，有加油站，我开过去，上面图示的都是用信用卡加油，我想付现金，琢磨半天也不知道怎么交钱，交给谁。何况要加多少油，我加之前也不知道啊，国内有工作人员帮忙加油，加完上面有应付金额，到里面柜台去付，这边不先付钱，好像加不了油啊……

女儿见我对着加油的机器发呆,就从车里探出小脑袋说:"妈妈,你去找人问一下嘛。"

好吧,出门在外,脸皮薄可是大忌啊。

我开始东张西望,正好看见来了一个胖胖的大卡车司机,从一米多高的驾驶室中跳下来,提了提腰带,他是将近两米的大个子,脸色红润,有着浓密的络腮胡,看上去很和善的样子,穿着一身公司的制服。

胖子们的脾气大多不会太差,向他请教一定不会错。

我迎上去,脸上挂着灿烂的笑,说:"不好意思,打扰一下,请问怎么加油?"

果然,胖司机停下自己的事,走了过来,很热情细致地给我讲解:"你要先把卡插到这个里面,然后拿起油枪,想加多少,可以先在这里设好钱数,如果要加满,就不用设了,它会自动停止的。"

我仍有些茫然,他拿出自己的卡,问我有没有这个卡,我说没有,我想用现金加。

"那你要加多少钱?"

"我想加满,不知道需要多少钱,现在还有半箱油。"

他扭头看了看我的"黑马",说:"知道了,40美元就够了。你去店里买上40美元的油,然后再过来,我教你怎么加。"

我于是走进店里,店员问我几号机器,我说不知道,然后指给他看:"那边停着的那辆黑色小车就是我的。"

店员转身走到窗前看了一下,然后回来,收了我的钱,在收银机前操作了几下,告诉我说好了。

我还傻呆呆地站着,店员又一次笑着重复了一句:"好了,你现在可以去加油了。"

我说了句"谢谢"出去了,边走边在心里疑惑:万一这40美元用不完怎么办?多余的钱会退我吗?

再回到车子边,那个卡车司机仍在那里耐心地等着我,他指给我看:"这儿就是你交的钱,下面会显示你加的油量,你想加哪个油,就按一下哪个按钮,然后取下油枪。"说着他扭开车子的加油口,边操作边给我解释:"把油枪这样伸进去,试一下这个抓手,你看,现在握紧就可以加油了,你可以把这个打下来,扣住把手部位,这样省力些,你只要扶着就可以了。"

随着加油表上的数字狂跳,很快,油枪跳了一下,他收起油枪,告诉我:"行了,已经加满了,现在你看一下,这个就是你用掉的油钱,你可以去店里,他们会把零钱找给你的。"

我跑去店里,果然一看见我,那个店员就明白了,停下手中的事,看一下收银机,再用指头划了两下,收银机弹开了,他拿了一堆零钱及收银条递给我,这时我才算弄明白了整个加油流程。

我开心地跑了出去,胖司机依然在那里等我,他远远地见到了我的笑脸,就热情地张开了双臂,给了我一个大大的拥抱,美式的热情果然名不虚传。

我们顺便聊了两句,我告诉他我来自中国,前天刚到美国,这也是我第一次来美国，我很喜欢这个国家，美国人很热情友好。

总之，我在语言能力范围内，将自己最大的善意与感激传达了过去，胖司机听了我这些话，自然很开心，因此也毫不吝啬地夸了我好几句，大意是说我自己出来旅游很棒很勇敢，然后夸我很漂亮。

我们正在互相寒暄吹捧，忽然听到女儿的话："老妈，他说你漂亮，我听懂这个词了。"

我这才注意到，一直被我忽略的女儿，可没落下我的任何一举一动，她一直在旁边偷听偷看，这时正从车窗里探出小脑袋，脸上露出狡黠的笑。

女儿这一插话，胖司机立刻问道："这是你的女儿？"然后弯下腰来，跟小丫头打招呼："你好，喜欢美国吗？在这边玩得开心吗？"

女儿很矜持地回答："是的，谢谢！再见。"当然，这是她会说的不多的几个词。

我们挥手告别，然后我足足开出了十多里路，女儿都在反复地质疑："老妈，你漂亮吗？你哪里漂亮了？哼！"

我开心地回复她："当然了，妈妈一直都很漂亮啊，哪里都漂亮。就是因为妈妈漂亮，你才会这么漂亮啊！"

还好，车里就我们俩，彼此吹捧自恋一下，不会引起任何人的不适。

街头艺人与求婚

提起拉斯维加斯,人们最先想到的就是赌场,想到装饰华丽炫目的酒店和一掷千金的豪客,想到这儿极其便利的结婚手续,想到一个个顶级的秀场,想到有着雄厚的财力打底,在沙漠中心建起来的一座座有着湖泊、喷泉、雕塑的美轮美奂的宫殿。

这个城市几乎是纸醉金迷生活的代名词。

我们住在老城区,酒店正对着一条步行街,夜幕降临后,我带着女儿来这里闲逛,原本从酒店的窗口看过去,这条步行街像是一个很普通的商场,正面是一个大大的广告招牌,两侧是窄窄的通道。但一旦走进去,立刻像来到了另一个世界,轰炸般的音乐声在耳边响起。

一瞬间,恨不能全身长满眼睛耳朵,声光电的信号全方位立体式地袭来,就像一双大手一把将人拖入另一个星球:身边是来到美国后第一次遭遇到的如此高密度的人群,黑白胖瘦高矮云集;两侧有酒吧，吧台前围满了人，吧台后高低大小色彩斑斓的液体瓶罐，长条的吧台上站着一个年轻女子，随着音乐懒懒地摆动着身体，她同时也卖酒水饮料；大大的广告牌后面是一个舞台，正中有人扮成猫王，正低头吟唱，台前的人群中，有人随音乐起舞；脚下炫动着光怪陆离的影子，抬头去找光线的来源，却发现头顶两三层楼高的顶棚下，有人像超人一样正从远处飞来，目光接触之时，对方戏谑般地给我敬了个大兵礼，同时配上一个大大的笑脸。

我和女儿相互提醒着："这边，看这个。""这儿，看，有人扮成印第安人呢。""老妈，过来，看这画。""快看，蜘蛛侠。"

慢慢适应了周遭的环境后，我也慢慢找回了自己，悠然地品味起这不同的世界。

这条街，不是赫赫有名的拉斯维加斯大道，也没有那边密集的世界知名酒店和光怪陆离的都市夜景，这边更接地气，能看到更多普通人的生活。他们贩卖些廉价的玻璃珠子、T恤，或是画一个圈开始跳舞、吹奏、画画等，卖艺来赚点钱，或者他们就扮成各种影视人物如超人、美国队长、绿巨人、西部牛仔等形象，通过跟游客合影来赚点小费。

我被其中两个人的帅气脸庞吸引，其中一个长得颇有几分像美国演员杰克·吉伦哈尔，他们光着上身，系着领结，肌肉健硕有型，真是不亚于任何一个明星。两人站在一个小屋子的布景下，专门陪女性拍照，拍完的照片在另一边的电脑里可以处理打印。

我站着看他们做了三四单生意，每换一个人，他们都讲着一样

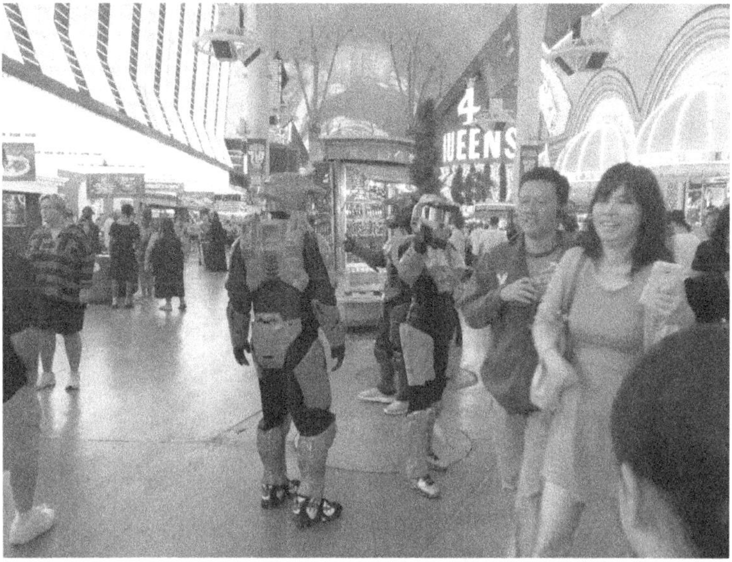
4

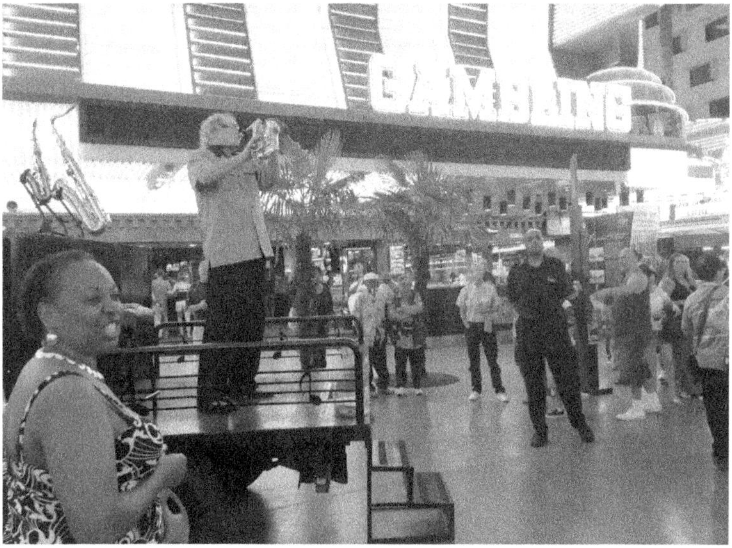
GAMBLING

的话,做着一样的三四个动作,甚至连脸上配合每个动作的表情都是一样的。拍照的瞬间,那两个人或者扮酷秀肌肉,或者皱眉挤眼做出搞笑的样子,或者露出单纯迷人的笑,或者甩出一个调情的眼神,而一拍完,这些表情就瞬间从两人的脸上消失了,这些固定程序流水一样地进行着,就这样一遍遍地周而复始。

不仅他们俩,每一个街头艺人的工作,都是这样地重复又重复,我们生命中一次难忘的记忆,不过是他们的日常工作。

然而,我看了一会儿,却有些感动了,是为他们的工作态度而感动。他们那么勤劳敬业,与游客交流时,脸上职业性的笑容,在我看来是那么灿烂与真诚,至少让每一位付钱的客人收获了那镜头中定格的愉悦,为游客的出行短暂地增色不少。第二天,我更是发现不少人的工作时间很长,上午就扮好妆或是摆起摊点,直至深夜才休息。在如此吵闹的地方,努力吆喝揽客,日日在震耳的音乐场中作画或是反复地跳着那几支舞,讲着差不多的话,摆出同等质量的灿烂笑容。

每个人都活得不容易,生活的艰辛,在这个世上随处可见,即便是在美国也不例外。

我们继续向前走,看到前面路中间停着一辆演艺车,一个白衣白裤的男人正坐在车上吹奏萨克斯,吹的正是肯尼·基的《You Are Beautiful》,他有着迷离的眼神和卷曲的长发,享受着属于自己的这一小块舞台。周边围了一小圈人,来了又去,有人经过丢点钱,有人仔细地听完鼓掌,这个男人只专注地吹着他的曲子,沉浸在自己的音乐之中。

正在此时，围观的一个男人，突然向身边的女人单膝下跪，随后掏出一枚戒指递了过来，仰起的脸上，满是笑容和幸福；犹如电影中一样，女人幸福地哭了，男人把戒指戴在了这个女人手上，周边的人们立刻鼓起了掌，向他们祝贺，女人扑到了男人的怀中。

反应迟钝如我也看明白了，这是在现实中上演的求婚大戏啊。

很普通的一对男女，看上去也不算年轻了，都是微胖敦实的身材，穿的也是很随意的T恤短裤。这才是普通人真实的生活，没有光鲜的外表，也没有奢侈的场景，连背景音乐也是蹭的，然而两个人的幸福却让周边许多人感动落泪，我也忍不住眼睛湿湿的，演艺车上的白衣男人飞快地向发生小小骚动的人群瞄了一眼，萨克斯的曲子仍在继续。

这场求婚是预谋已久的吧？从那枚早已备好的戒指就可以看出。这样热烈奔放的夜晚，唯有爱情的热度能与之匹配；这样自由随意的生活方式，让一切的人生经验与规矩框架都成了无聊的束缚，唯有幸福是值得人追求向往的。

公交一日行

来到拉斯维加斯,我印象最深的,不是豪奢的酒店,不是一眼看不到尽头的赌博机,不是传说中最便利的结婚程序,也不是在沙漠中拔地而起一座梦幻之城背后的资本力量,而是在赌城坐过的公交车,这也是我在美国旅行二十多天,坐过的唯一一次公交车。

早上,女儿照例睡到10点多仍不醒——她倒时差的方式就是早上猛睡,而我则是早早醒来,下午时常困得不行。

不能再等了,我直接叫起女儿,洗漱出门,然后根据网上的指南,决定办一张8美元的24小时无限次公交卡。

来到公交车站,这边上车不能投币,车上也没有售票员,所以票都要先买好。每个公交车站都有一台自动售票机,出售次卡、24小时卡、月卡等。

买完我的票后,我想,女儿应该是半价吧?然后就在机器上找半价票的按键,却怎么也找不到。我研究了一两分钟后,旁边一位像铁塔一般壮实的黑人大叔就主动过来问我是否需要帮助。

我指了指女儿，说："这是我女儿，我想给她买张半价票，不知道怎么买。"

大叔看了看我女儿，说："她不需要票。"

我以为自己听错了，重复了一句："她不需要票？"

大叔很肯定地说："她不需要票。"

我有些半信半疑地看向大叔，确认他理解了我是想给女儿买票。

女儿第一次去香港时身高还不到1.2米，在内地是不需要买票的，因此从罗湖上地铁时，我便没给她买票，结果被工作人员喊住告知她也需要票，搞得我当时很尴尬，急忙解释了一下，工作人员笑笑说：她也需要票，但这次就算了。我那次从地铁站出来后就赶紧帮女儿补了张儿童八达通卡，并且从那以后，随着女儿身高超过了1.2米，我无论到哪，都主动帮她购买儿童票。

这次，虽然黑人大叔这样说，但我的疑惑依然没有消除，因为售票机上找不到买儿童票的地方，我便想着是不是儿童票只能在车上买。

正好此时车子来了，上车时有检票员，我给他看了票，并主动询问："我女儿需要买票吗？"

那个帅气的检票员穿着一身制服，手一挥，说："她不用票。"想了想又问我："她有几岁？"

我忙说："9岁，要买票吗？"

检票员笑笑："不用。"

我悬着的心才算放下，坐下后又有些不理解，为什么要问几岁？难道美国是按年龄来决定是否需要买票？有人个子高，有人个子矮，而且人的长相与实际年龄会有差距，这样做会不会有人利用外表来逃票？

我刚才在回答岁数时，已经做好了掏护照的心理准备。此刻想了一下，又不禁暗暗笑自己小人心态，也感受到了别人对我的信任。

我们逛到下午2点多，正是一天中最热的时候，又因为刚刚吃完自助餐，感到又困又累，于是想到马路对面的公交站坐车回酒店休息一下。

拉斯维加斯本是建在沙漠中的城市，又是夏天，阳光下的气温，总有四十多度，公交站并没有遮阳棚，等车的人挺多，所有人都被烤得疲倦且无精打采。

好不容易来了一辆车，却是空车，并不停，所有人都是高兴了一下，又失望了。再等，又过去了十来分钟，沙漠阳光下的十来分钟，漫长得像是小半辈子。周边阳光炙烤下的高楼和巨大的广告招牌，在热风中看着像是快要融化了，我满脑子都在想着酒店的冷气与舒适的大床，愈想便愈觉得遥不可及。

终于，远方摇摇晃晃地驶来了一辆公交车，几乎都能听到人群中有小小的欢呼声了。车子缓缓地停了下来，车门打开，人们自动地排成一列，已经上去七八个人了，这时突然来了一个身着公交制服的人，大声地讲着些什么，我一时心烦，也没听懂，但见上去的人又都下来了。

我心中简直有些绝望了，难道这趟车又有什么问题不能坐？

紧接着，就看到那个工作人员引来一辆轮椅，然后又上车取下一个斜板，铺在车门处，接着他就推着那个轮椅从斜板上了公交车。

轮椅上是个胖胖的深肤色女人，几乎是卡在轮椅中，那个工作人员很吃力地沿着斜板往上推着，轮椅上的女人也用力转着车轮，所有的人似乎都在屏息为他们俩使劲。努力了两次，终于上了车，工作人员将她推到专门停放轮椅的地方，用安全带将轮椅固定住，这才下来示意我们可以上车了。

整个过程足有五六分钟，或许更长，但所有人都在车下排着队静静地等着，骄阳依然如火，却没有一个人出声抗议，或表示出一点点的不耐烦。

公交一日行，给了我很多前所未有的感受：行车的高效是来源于人人都遵守交通法规，等车的低效是优先考虑了对人的尊重。

醒脑神曲

今天的旅行计划很简单,就是赶路,要赶到盐湖城去。有了前两天的经验,我提前在车上准备了牛奶和面包,还有一些零食,这样女儿坐在后座就不至于太无聊了。

因为女儿的作息,我基本上是卡着点退房的,然后吃了一顿早午餐,这才离开。

美国的高速出入口很多,有些高速直接就从城市内穿过,我们在拉斯维加斯住在老城区的中心,沿酒店门前的公路开了三分钟,就离开了城市,看到了高速的入口。

开上高速后,很快就进入了荒凉之地,沙漠、戈壁、荒原,到处都是光秃秃的,很像是回到西部片中的两百年前,这时如果远方飞驰来一个骑马的牛仔,我想我也不会太惊讶,反倒会觉得跟这周围的风景正搭配。

拉斯维加斯就建在这样的沙漠中,这边生存环境其实是很恶劣的，人工的城市与原始的大自然截然不同，赌城就像嵌在沙砾中的绿水晶，碧绿温润，白天折射出阳光的斑斓，夜晚发出璀璨的光芒，而走出来就是漫天的黄沙与呼啸的狂风。

我边开车边和女儿闲聊，看到外面的风景，又指挥她快点多拍几张照片。

仍是到了下午两三点钟，正是国内的深夜，时差没有倒过来的我，困劲又上来了，反应速度变慢，头脑开始有些蒙了。有了前几次的经验，我已经知道得想个办法来解决困意，不能硬撑下去，正巧前面有休息区。

开到休息区，用冷水洗把脸，喝了点冰水，又坐下吹吹风，好好休息了一下，觉得轻松多了，重新上路，可是开出不到十公里，困倦的感觉又来了。

女儿很贴心地陪我聊天，分散着我的困意，我们就聊以前看过的影视剧，因为出国前两天我们曾经翻出了一部经典老片《武林外传》来看，于是这时便又想起了这部片子。

我重新提了起来："现在真想再看一遍《武林外传》。"

女儿立刻说："我也想看。"

我感慨道："唉，这部片子首映时还没有你呢，如今，你居然都这么大了。我还记得当时每天一到晚上电视剧频道就放这部片子，时间过得好快啊，那时你在哪里呀？"

女儿拍拍我的头，表示不屑于回答这个问题。

暂停了一会，女儿说："我别的内容都不太记得了，只记得郭芙蓉唱的歌,是这样的。"女儿停了一下,然后气运丹田,亮嗓高歌:"这里的山路十八弯,这里的水路九连环,这里的……这里的山路十八弯,这里的水路九连环,这里的……"

我问,接下去怎么不唱?女儿说,只记得这些。

经过她这么吼一嗓子,再聊了这些话,我竟然忘记了困倦,而且也让我想起,手机里有不少歌,我便让女儿打开手机放歌。

女儿先不急着开手机,而是问我:"想听什么歌?我来唱。"说完,也不等我点歌,直接就又吼了起来:"这里的山路十八弯,这里的水路九连环……"

女儿一连串的表演,逗得我大笑,我问她:"今天怎么了?有些亢奋啊。"

但笑完后我突然意识到,经过女儿这么一唱,刚才还很浓重的睡意,如今已褪去了好多,我不由得夸女儿两句:"你这样一唱,我居然不困了。真是很厉害啊!"

我这么一夸,女儿更得意了,又连吼了三四遍。吼完还问我,还困不困了?

的确很有效,我不怎么困了,尤其是跟她闲聊,再这么哈哈一笑,我的精神有些亢奋了,我很心服口服地再猛夸:"真的哎,妈妈不困了,你这个办法真有效,这首曲子真是神曲啊,就叫醒脑神曲吧!"

女儿很得意,然后又连唱了好几遍,我不得不制止她,够了,我现在不困了,放点音乐吧。女儿又最后狠狠地唱了一遍,才停了下来放歌。

然后接下来的行程中及后来许多天的行程里,她经常会问:"老妈,困不困?""老妈,困了吗?""老妈,困了的话跟我说一声,我有专门的醒脑神曲。"

有时,其实她也困了,但是为了陪我,她会硬撑着,不停地和我讲话,时不时扯高音吼一下神曲。刚开始觉得她唱得很好笑,于是很自然地就笑了;再后来,感觉到她是为了陪我而唱的,虽然不觉得可笑了,但是觉得很贴心,为了不打击她的这种积极性和这份用心,我还是会很配合地大笑两声。

不过,还真是,这么一笑之后,困劲便少很多,这么漫长的旅程,这么高强度的开车,居然就这样一段一段地笑了下来——我们在晚上8点左右,连续行车10小时后,终于安全到达了盐湖城。

后来,这个"醒脑神曲"就成了我们俩之间的一个小秘密,只要一提这四个字,我们就会相视一笑,女儿有时还会吼上一嗓子。

大盐湖的死鸟

从今天开始，我和女儿都学会利用酒店资源了：女儿每天都从酒店装上一满杯的冰块，她的保温杯保温效果不错；我则是每天早上带一杯咖啡到车上，这样到了每天下午困的时候，喝上两口，提神效果极佳。

冰块和咖啡对于美国人来说是每日必需品，哪怕大冬天飘着雪，也要喝冰水；咖啡更不用说，早上起来不喝上一杯，那么这一天就没法开始，所以酒店都会免费提供这两样东西，入乡随俗的道理在国外也是适用的。

但其实今天是没必要准备的，因为上午是去郊区的大盐湖游玩，离市区不过二十多公里，中午就可以赶回来了，还可以在酒店睡个午觉。

我们很快到了大盐湖，刚停下车，见旁边有辆房车，白色的车身在一片空旷的天地间，特别显眼纯净，我忍不住拍了下来。

停车场对面是一片淡土褐色的空旷盐碱地，极目望去，约百米外，是一片湖面，蓝莹莹的，直到天际，那儿可以看到有几处隐约的山，算是水面与天尽头的分界线吧。风吹过来，携带着浓重的水汽，还有一些腥咸的味道。

分界线上，则是几块白色的云，云的边缘像水墨画一样晕染开来，极淡处却又出现了一些斑斑点点的云块，云之外的天空，便是湛蓝色的，越往高处，蓝色便越深。

在这么一大片空旷的自然中，除我们之外，只有从那房车上下来的一家四口，他们径直走上了那片盐碱地。我们远远地跟在后面，也来到了盐碱地上，四周看了一下，没有发现"路"一样的东西，于是我和女儿便也入乡随俗踩了上去。

这儿是没有路的，地面上的土，像一层壳一样干结着，踩上去，便成了粉，而越接近湖面，则湿度越大，有些地方开始出现了白色的盐渍，有些结成了盐壳，再慢慢地有了小块的积水，再往前，积水面积增大，在浅浅的积水上，落了一层小虫子，人一靠近，便像腾起一小阵烟雾似的飞散开。

太阳穿行在云朵中，时而阳光直射，时而天地笼罩在一片阴翳之中，四周无遮无挡，虽然有些晒，却也不是太热，因为风很大，风中挟裹着的咸味及腥臭味越来越浓重，这种味道让人有种不舒服的感觉，这也许就是传说中死亡的味道吧？风将我和女儿的裙裾吹起，将长发吹乱。

女儿跑到了前面，她正好穿着昨天刚买的迪士尼的艾莎公主裙，湖蓝色裙子上银色的纱线在阳光下闪闪发光，跑动时，披肩便飞了起来，我在后面随手给她拍照，画面传递不出味道，看上去是极美的。

这时，每往前一步，那种死亡的味道便重了一层，并有越来越多的小飞虫在绕着我乱飞，当阳光隐去时，看着远方的山水，模糊中带着晦暗，是一种暗沉的略带陈旧感的灰，周围百米的范围内，就我和女儿两人，除了风声，天地间一片空寂，我感到了一种压抑感，似乎有种看不见的力量在湖面肆意地游走、巡检，这是它的领地，它在发出狞笑，它在它的领地上有着呼风唤雨的本领，任何进入领地的生命都是它的猎物。

误入它上空的鸟儿便是前车之鉴。

腥臭味是来自盐碱地上鸟儿的尸骨，它们飞累了，又喝不到淡水，这时，湖面的那股力量就拖住它们的翅膀，像无形的网，鸟儿们挣扎了几天，耗尽了力气就掉下来了。又或许是鸟儿自己的选择，它们预感自己走到了生命的尽头，便来到这个地方，与那股神秘力量做了交换，然后安静地躺下。有些尸身上的肉已化去，只余下一具骨骼，以及周边的些许羽毛，看上去有些触目惊心。

从飞鸟尸骨的腐化程度来看，它们死去有些时日了，它们就那么静静地暴露在天地间，一切都不用人力干涉，由大自然按规律慢慢地消化，让生态的循环有始有终。所以，我们在这一路上，可以看到鸟儿回归大自然的每一阶段。

古人常说，尘归尘，土归土。组成鸟儿身体的分子、原子经过一系列化学反应，重组成了新的分子，微观上不增不减，宏观上却

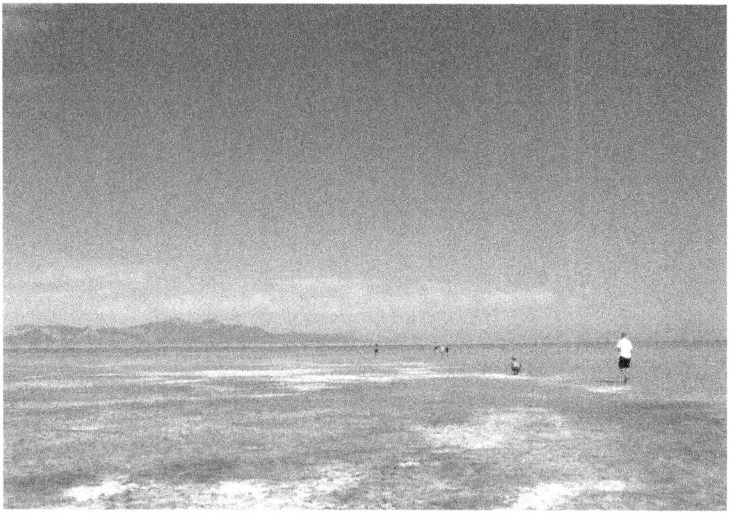

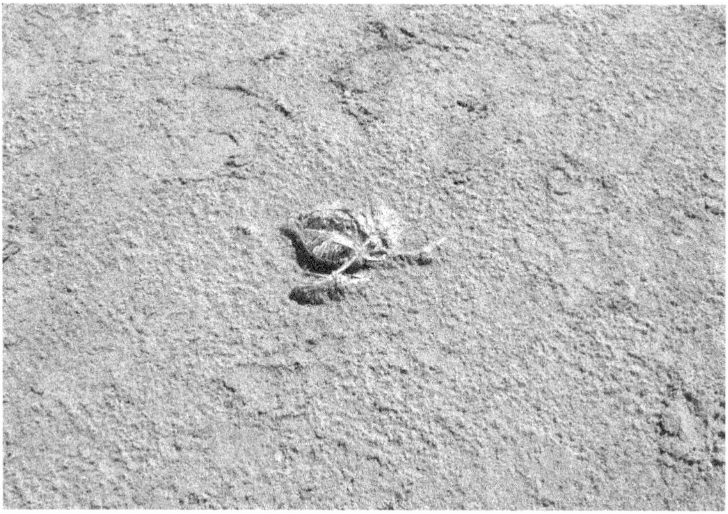

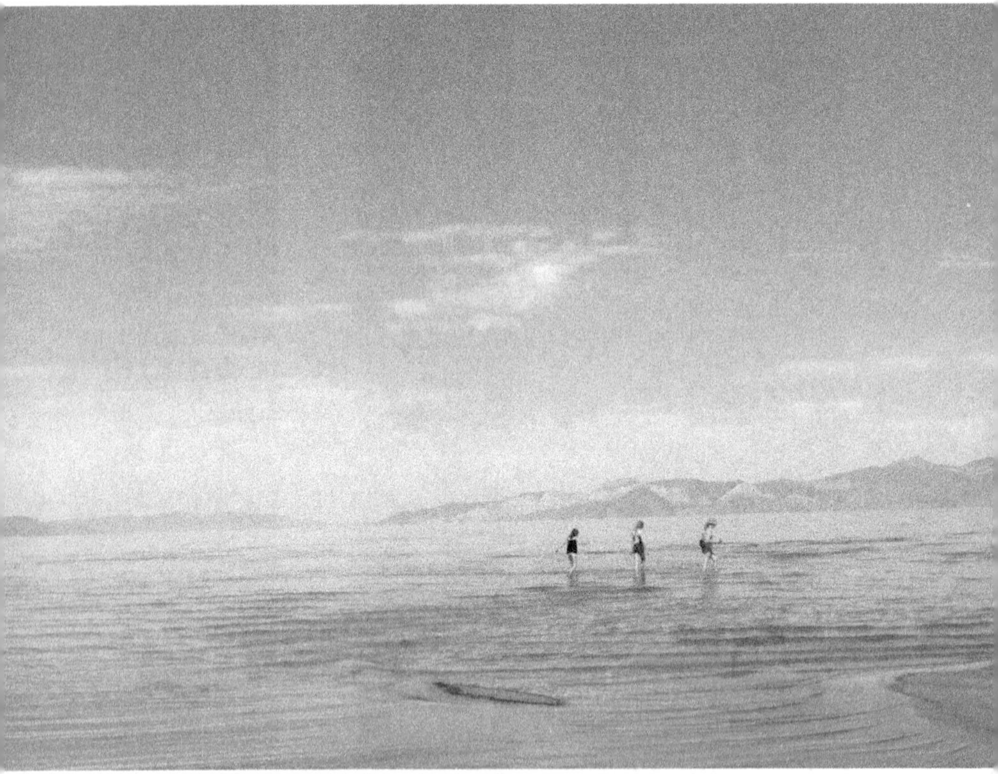

是改头换面的变化，而我们在这个过程中，则欣赏到了生命的壮美、四季的变迁、花谢花开的婉约、沧海桑田的变动。

终于见到了湖水。远观湖面是波澜不惊的，走近便能看到，湖面的水被风吹起了鱼鳞一样的水纹，一层层地，向远方漾去。除了风声，便没有别的声音了，湖水是寂寂的，细细的波纹也是一声不响的。湖边的沙土是黑色的，踩上去表层柔软细腻，底下则是硬邦邦的泥地，湖面没有飞鸟，除了靠近湖边的浅滩中有一层密密的飞虫，就再也看不到任何生命的迹象了。

径直走进湖水中，透明的水面下，柔软的黑沙温柔地包裹了我的脚底，而那平平的湖面便在眼前铺展开了。真的走进湖水中，那种令我压抑的神秘力量似乎消弭于无形了，我知道那更多是一种心理作用，走进湖水，便有种直面自己心底恐惧的挑战意味了。当现实击碎了幻想，我用身体真实感受着大自然的力量，湖水温柔纯净，像可以包容一切的爱，像宇宙中连光也逃不出去的黑洞，平静沉默地待在那里，等待人们去靠近，去发现。

大自然的神奇，远超出了人类的创造与想象。

女儿突然从旁边"啪啪"地走过来，打断了我的沉醉，对我说："老妈，果真是盐湖啊，好咸！"

我笑了，当然，大盐湖的名字，岂是白叫的。

在最初的时候，这个盐湖被称为邦维尔（Bonneville）湖，那时它还是个淡水湖，在冰川期，由于冰雪融化，大量的水流入湖中，多到溢出来，在地表蜿蜒曲折地流淌着，流经数千公里，经蛇河汇入了哥伦比亚河，最后注入太平洋中。后来在离开盐湖城向黄石公园行进的路上，我们频频邂逅蛇河，在地图上看，它又长又曲折，真像一条行进中的长蛇。

随着冰川期的结束，邦维尔湖的水面下降，随后流向蛇河的出口被切断了，久而久之，它失去了这个泄水口，成了一个死水湖，与外界的水量交换只局限于雨水和周围雪山上融化的雪水以及太阳的自然蒸发。这些雨水、雪水源源不断地将高山上和沙漠中的矿物质及微量元素冲刷到湖中，而太阳又每日不懈地将湖中的水分蒸发掉，这些矿物质和微量元素就在湖中安了家。

几亿年过去，淡水慢慢变成了盐水，盐水浓度甚至达到海水的50倍。据说湖水中含有76种矿物质和微量元素，具有天然的杀菌作用。

可能就是这些高浓度的微量元素与矿物质，使湖水具备了杀菌消毒的作用，湖边的青草也因饱吸了微量元素，与湖水搭配使用，有着神奇的治病疗伤的效果。原居住于此的印第安人早就发现了这个秘密，因此，在他们的心中，大盐湖就是"圣湖"。

更远的前方，有几个女孩子穿着泳衣，在靠近湖边的浅水中嬉戏，难道她们想游泳？刚刚一路走来，那些鸟儿的尸骨和湖面上方浓重的腥臭味，便足以打消我进一步亲近湖水的念头了，甚至稍稍待久一会，气味就要把我从美景中残忍拉出，让我感觉自己不是踩在无污染的大自然的水体中，而是误入了发酵变质的泡菜坛子中了。

因此，又稍稍停留了一下，我便催着女儿："走吧，别在水里泡着了,再泡一会儿,你那两条腿就要变成腌火腿了。"

女儿冲我做了个鬼脸,"啪啪啪"地向岸边走去了。游客服务中心外面有一个水龙头,我们过去冲洗干净脚上的沙子,穿上了鞋子。

风吹过我湿了的裙摆,很快,柔软的裙裾变成了硬硬的布板,而女儿的手和腿上,水干之后留下了白花花的盐粒晶体,她戏称自己成了"代言(带盐)人"。

我们到游客中心里转了转,里面是些明信片和盐做的日用品,女儿选了个天然的盐球,装在一个小小的透明盒子中,我笑说,以后家里做饭没有盐了,它就可以派上用场了。

出来后,我们看见远方又来了一对情侣,带着他们的狗,在湛蓝的天空下嬉戏追逐,苍远的天地间,风从耳边吹过。

家族研究

> 往下掉的时候，他第一次看到了整棵树，多么强壮、多么牢靠的树啊！他很确定这棵树还会活很久，他也知道自己曾经是它生命的一部分，他感到很骄傲。
>
> ——〔美〕巴斯卡利亚《一片叶子落下来》

去盐湖城的人，通常都会去摩门大教堂，我也不例外。

我在路边停好车，正在研究那个细细的杆子上顶着个大脑袋的停车交费机如何使用时，一位身着灰T恤黑裤子的胖大妈在我身边停了下来。

我太专注了，开始并没有注意到她。她站了一会，说：你可以把车停到我们院子里，那里免费。

我抬头看了她一眼，她五十多岁的样子，原本灰色的头发已有些地方斑白了，脸上的笑很灿烂，怎么看都像国内刚跳完广场舞的大妈，我第一反应就是拒绝。

她脸上的笑并没有丝毫减少，而是指了指我身后的一栋灰色两层建筑，说："我就在这里工作，随时欢迎你来，那边也可以停车的。"

我转过身，看到这栋外表普通的建筑上，有一个不算显眼的牌子，上面写着"Family Search"，我迟疑了一下，没有立即答应，因为不知道这个机构是做什么的，里面有什么可以参观。

最终，她热情的笑融化了我心底对于陌生人的防御，我信任地跟随她走进了这座大楼，也有幸从另一个角度看到了这个世界。

这个机构就在大教堂对面，进门迎面有一张酒店大堂常见的桌子，后面站着几个工作人员，他们见到我推门而入，脚步却慢下来了，立刻个个笑容满面地看着我，其中有个老太太一个劲儿地向我招手，这位大妈就把我交给了这位老太太，她先进去工作了。

老太太问："有什么可以帮你的？"

我有些紧张地"啊"了一声，在心里组织了一下词汇，解释道："我只是想随便看看，不知可不可以？"

她立刻表示欢迎，然后问我是讲英语还是什么语言，我老老实实地告诉她，我的英语很差，我是讲中文的。

她于是请一位戴着眼镜头发雪白的老先生带我进了一个很大的房间，那是个像图书馆一样的地方，在咨询处，老先生帮我问有没有会讲中文的志愿者，结果没找到，他们都很抱歉。

在等待期间，我好奇地四处张望，发现前面墙上有一行字"Find

yourself in family history",在家族历史中找到你自己,我一下子被这句话吸引了,隐约感觉自己好像闯入了阿里巴巴的宝藏山洞中。

随后,一个和蔼的胖女人把我带到了一台电脑前,帮我调出亚洲的信息,告诉我,对什么感兴趣,可以自己看,如果需要帮助,可以随时找工作人员。

这里像是一间电子阅览室,有一排排的电脑,有不少人正在聚精会神地在电脑前查找阅读着,他们有着不同的相貌与肤色,应该来自世界各地或至少祖上是来自世界不同角落。他们也许在这个新大陆待了很多年,一直想解开心头的谜,便来到这里寻祖溯源,就像刚才看到的那行字,找到自己的家族之树,知道自己与手足同胞们的关系与渊源,他们就像大树的叶子一样,想看看源源不断供给他们营养的根基。

这里面有着几乎全世界家族的起源,很像中国的族谱。这里是按各大洲来分类的,欧洲肯定有很多很出名且传承悠久的家族,不过我不熟也就没想着去关注了。

我就直接找到亚洲,然后找到中国;找到后,发现下面是按姓氏来的,找到自己的姓;再下面就具体到各省、各地市,直到找到我家乡邻近的那个县城。在这个过程中,我体验到了一种寻"根"的感觉。我没有找到我们的县,看来,我们这个姓在家乡是比较少见的姓,我们是从附近迁过来的。

我很想知道我父亲的家族是什么时候、怎么迁过来的,便点了进去,看到里面是一本书,中文的,打开,有对族谱的详细说明,不仅介绍了这个姓氏的来龙去脉,如今的人员分布,还介绍了修谱、修祠堂的过程和族中的一些人物,有文字、有图片、有图表。

在如此遥远的异国他乡,却能看到家乡的文字与介绍,兴奋与好奇油然而生,我瞬间觉得美国与我家乡之间的空间距离消失了,感到自己不孤独了,不再是孤单一人在地球的另一面,而是觉得像是有一根看不见的线,将我和遥远的家乡连了起来。好像什么都没有改变,但又好像什么都变了。

我急忙拿出手机,将这几页族谱、祠堂照片拍了下来,准备发给万里之外的父亲,却不知道如何表达此刻的心情:历史与现在、传统与现实、美国与中国、抽象的记录与乡土的生活,交织在一起,在我的心头乱哄哄地你方唱罢我登场,这种种的混乱、嘈杂、震撼、激动、兴奋、吵闹、拥挤,挟裹着我自己的碎片回忆,一齐涌来,将我淹没。

我在这边专心地看,女儿在旁边有些无聊,便自己玩起了折纸。

我发现这间厅里面还有很多空间,像个小型的图书馆,于是便问工作人员:"电脑中的这本书,是否在你们图书馆中有收藏?"因为我突然想体验一下,尤其是在这个地球另一面的空间中,把这本真实的纸质书握在手中的感觉。

工作人员便记录下书的编码,然后带我来到书架前,先找到亚洲区,再找到东亚,然后,熟悉的字体便跃然而出,中国各省的姓氏家族赫然在列。

我再细看关于中国人姓氏的书,有研究明代、清代以来的宗族的，还有研究宋代的家族与社会的，有一些省份的状元谱，有专门关于中国妻妾制度的研究，还有18世纪以来中国家族的现代转向研究。工作人员微笑着向我解释："这些资料一直都在不断地搜集整理完善之中。"

我表示惊诧和钦佩，说："这真是一项了不起的工作！"

她再看看手中记录的编码，我忙说："不用了，我自己慢慢找找，应该就在这些书里面。"

她见我没有别的事情了，便有礼貌地点头示意我可以随意地看，她要去忙别的事了。

我面对满架的书籍，真想住下来狠狠读上几天，可是不行；又想在短时间内挑出一本最有代表性、最有价值、我最想看的书，还是不行，我选不出来，选哪本我都有遗珠之憾。最终，我只能随意抽了几本书，翻了一下，有些是学术性的，比较枯燥，也有些带趣味性的，记录了一些故事，我很想仔细读读，却又无奈地放了回去，旅途中留点遗憾吧，也许可以成为以后再来的借口。

打扰了，请问卫生间在哪

我和女儿从摩门大教堂的侧门走出来，抬头发现对面还有一个关于教会历史的图书馆，也是干干净净的淡灰色建筑，没有广告与大招牌，外表很不起眼。建筑的名字依然是黑色的一列小字，不留心是注意不到的。我看了一下时间，还在开放中，便推开门进去了。

进门先是一个大堂，我向工作人员点头微笑了一下，便进到里间，里面是一个大厅，放了一圈沙发，沙发上正坐着一位金发女士在看书，她见我来，便抬头微笑示意，沙发周边摆放着书架及电脑，书架上是用各种语言介绍摩门教会的小册子。

我走向书架，那位金发女士便迎了过来，问我是从哪个国家来的，我还没回答，她便笑着试探性地拿了一本日语写的小册子给我看，我轻轻地摇了摇头，拿起了旁边的中文小册子，她若有所悟地自语了一句"哦，中国"。这个下意识的小动作，令我心中有些许感慨。

然后她便引导我到另一面的液晶屏前——人一走近,那一排的液晶屏便亮了,若长时间无操作,它又会自动暗下来——里面是摩门教会各阶段的重要资料的扫描件,那位女士介绍了一下后,便让我自己欣赏,她悄悄地退回沙发上接着看她的书。

这时女儿拉了拉我的衣服,小声地说:"老妈,我要去一下卫生间。"

我抬头四面看了一下,没发现卫生间的标志,那么就需要问一下了。

这时,我想锻炼她与人交流的能力,希望她不要老是事事依赖我,跟在我身边就像个小哑巴一样,就弯下腰,悄悄对她说:"我也不知道卫生间在哪，但是你看到那边了吗？在门口大堂处，那儿有两个工作人员，你去问问他们吧？"

女儿看了他们一眼，然后问我："可是卫生间怎么说？"

她来到美国已经有几天了，对这里的环境已有了初步的熟悉，这几天接触到的人也非常友好和气，所以她也敢于一个人去问路了。

我教她如何表达"打扰了，请问卫生间在哪？"并且强调，一定要记得说"请"字，一定要有礼貌，最好面带微笑，然后让她复述了一遍，她信心满满地向外面大堂跑去。

我远远地看到，她站在那两位人高马大的工作人员身边，可能刚刚说了一句"打扰了"，立刻见一个工作人员转身面对她，并且稍稍弯下了腰，然后估计是女儿问了那句话，便见那个工作人员一边用手指着卫生间的方向，一边告诉她如何走过去，似乎讲了好几句，就见女儿频频点头，我心中好笑，她听得懂那一长串英文吗？

过了好一会儿，我几次回头都不见女儿回来——也许当妈的都是这么牵挂操心，女儿离开视线一小会儿，心理上就觉得时间无比漫长。

终于，女儿的小身影又在门边出现了，东张西望地走过来，我这才放下心来。

等女儿过来，我仔细向她询问刚才的过程，女儿脸上带着轻松和得意的表情。

我很好奇，刚才那个工作人员究竟跟她讲了些什么。

女儿果然老老实实地说："不知道。"

我笑道:"那你还点头?不懂装懂啊?"

女儿说:"反正他手指了方向,估计就是告诉我怎么走过去呗,我自己过去一找不就知道了。"

我夸她很机灵,女儿说:"不是你说的嘛,要对别人的话做出反应,不要傻呆呆地站着,盯着别人,很不礼貌嘛。"

我给了她一个大拇指,很欣喜地看到,她在学习、在成长,在一步一步地触摸探索着外面更大的世界。

超市里的小设计

刚到美国头几天,一切都很令我抓狂,每天手忙脚乱地应付着层出不穷的小问题,与时差、干燥的空气、GPS定位器的使用、难以适应的饮食、文化习俗和不同语言文字的路标等战斗着,被动地应对着,分分钟都担心自己会遇到问题,哪里有心思去主动改善生活。因此车上也没准备任何食物。等到把GPS定位器的功能开发得更全面了,才发现附近有家沃尔玛,决定过去采购些食物和必需品。

来之前有朋友告诉我,美国食物与中国的胃非常不配搭,汉堡会吃得令人发狂,朋友还建议我自备一个小电饭煲,可以煮米饭吃。我想只不过二十天时间,再难吃的东西忍忍也就过去了,何必增加不必要的行李,更何况在国内时,女儿很爱吃麦当劳的快餐,这回来到快餐的发源地,正好可以大开吃戒了。

谁知,来美不过两天,一切心情都已改变。

这边气候相对比较干燥，阳光强烈，昼夜温差较大，因此我觉得自己有些上火。前两天又忙于开车，适应新环境，因此常常忘记喝水，不过两三天时间，嘴唇已经开始变硬、起疱了；醒悟过来忙着喝水时，已经太晚了。按以往的经验，疱既然起来了，又没有什么药，那么只有让里面的毒发出来，再等它烂下去，必然要走完这个过程，它才会慢慢痊愈的。

顶着嘴上的几个大疱，心里只想吃点清淡的水果蔬菜，所以面对着油腻的汉堡薯条，我自然没有什么胃口；而且我爱喝茶，几乎每天都要喝，现在吃了这么多肉却多日没有喝茶，还真是有点腻腻的不消化；没有茶也就算了，每顿饭还配上一大杯齁甜齁甜的可乐，当然我现在不喝了，但看着也难受；吃完饭又不运动，就是往车上一坐，这样到了下个饭点根本不觉得饿，脑海里总是出现吃下去的肉变成了脂肪，堆积在肚子上的幻觉——当然，也有可能根本不是幻觉。

这样的饮食很令我抓狂！

女儿却还好，除了饿得慢以外，对于薯条可乐，一如国内般保持着喜爱，只是偶尔觉得有些夹着奶酪的汉堡，口味实在有些怪，不爱吃而已。她还告诉我，这边的薯条比国内的好吃，但我实在无福去慢慢品尝。

女人本来对于超市就没有抵抗力，再加上对餐馆的失望、对水果与蔬菜的渴望，此刻看到大超市，我几乎要欣喜若狂了。而且我事先在网上看到不少介绍，说美国超市中东西很便宜，这次也可趁机好好见识一下，便跃跃欲试地计划着要大采购一番。

怀揣着这种梦想，我很快来到了沃尔玛超市。

美国的店都很低调，我一直开到沃尔玛店外，才看到很不起眼的蓝色牌子，两层的店面，外表都是灰灰的墙，但进去后，物品的丰富还是让我惊叹不已，更重要的是，物品价格相比他们的收入水平，真是挺亲民的。

第一次逛美国的沃尔玛，我几乎走不动路，买了小半车的东西，几乎全是吃的：面包、牛奶、巧克力、太妃糖、冰激凌、车厘子、桃子、苹果、迷你胡萝卜、方便面、肉肠。还买了一些免洗的洗手液，时间够的话我还想研究一下玩具、文具、洗护用品、护肤品。

女儿后来一直催我："老妈，快走了，不是说今天还要赶路吗？"这个小家伙，还真是会操心。

我嘴巴上说："马上就走，马上，大不了今天晚上赶个夜路。"眼睛却没有从花花绿绿的商品上移开，而且脚步不受控制地向下一面陈列架走去。

女儿无奈地跟在后面，还好，她不像我，会一直唠叨，她还是随遇而安地陪着我，只是时不时地提醒我一句："这么多东西，老妈，你带的钱够吗？"

我随口应道："够的够的，快来看这边方便面种类很多，你想吃鸡肉的还是牛肉的？"其实我心中还是有底的，虽然车子里东西看上去很多，但并没有很贵的。

超市中最吸引女儿的就是那一排看不到尽头的冰激凌，她站在摆满冰激凌的冰柜前,摆出表情和动作,模仿香港电影《富贵逼人》中一家人到加拿大后,最小的女儿在超市中说的那一句:"这么多冰激凌,叫我怎么吃得完?"

除冰激凌外,另一个吸引女儿的就要数那个放袋子的小架子。

像国内一样,超市中食品袋是卷成筒状套在一根支柱上的,袋子的连接处是一条虚线,中间会有一段是分开的。这里有个独特的设计,支柱旁边有一个3厘米高、5厘米宽的带凸起的钢条,取袋子时,两个袋子中间的那段分开处正好挂在这个凸起上,然后单手一拉,就可以拉下一个袋子,而不需要两只手。

这么一个小小的设计,就可以帮助顾客解放一只手,实在是一个很实用的小发明。

女儿发现这个小秘密后很得意地演示给我看,然后每次需要用袋子时都积极地跑过去取。

买单时,我们又发现一个装袋子的设备:中间三角形的柱体是可以旋转的,每边都挂着一叠塑料袋。服务员一边买单,一边旋转这个设备就可以帮顾客把东西分类放好。

想起《论语》中的一句话:"工欲善其事,必先利其器。"现代文明的进步,就是依靠工具的一点一滴提高改进而取得的。很难想象,刀耕火种的生产方式可以孕育出现代化的农业。

在一个普通的超市中,一些小小的发明创造,就可以极大地提高购物的便利和工作人员的效率,这些设计的推广使用,最终累积为社会效益的整体提高。也许只是解放了一只手,也许只是提高了一分钟的效率,也许只是减少一个按键的操作,可是,正是这无数数不尽的微小改良与进步,一点一滴地减轻着我们身体的疲惫,减少着劳作的烦琐,提高着工作的效率,直至,累积为一种技术的飞跃。

我赞美科技与创新。

美得令人心碎的小镇

来杰克逊镇之前，我去了洛杉矶、拉斯维加斯和盐湖城，这三个地方都是大城市，我只是在住处附近活动了一下，观感都很片面，这是第一次到一个小镇。

当我开车从杰克逊镇的主街穿过时，正是傍晚，一路上像进入一幅美丽的电影海报一样，夕阳给海报打上了亮暗分明的主色调，没有高楼，都是两三层的房子，满眼西部风格的店铺、精心设计的招牌，墙上有垂下来的花，边边角角也都是花，小小的，红的、蓝的、粉的，像背景色一样，填满所有的空格。到处都能看到熊、麋鹿等动物的雕像，还有各种风格的酒吧。有些人站在路边聊天，有些人背着运动器具在走，更多的是三五成群的游客在闲逛。

我一直开到小镇边缘，离开了喧嚣的人群，前方是绿色的山体，绿意很浓，却也有不同的层次，浅绿是草坪，深绿是树木，这让我意识到，原来仅有绿色便可以漂亮得如此惊心动魄。

这个"怀俄明州一颗璀璨的明珠"果然不是虚的，小镇人口不到一万，却有着20个艺术馆、38家酒店。艺术最能提高品位，果然，这里一座木质小别墅最高可标价到1600万美元，吸引了无数明星富豪在这里置业安家。小镇地理位置优越，四面环山，风景四季如画，夏天时坡绿树翠，人们可以在蛇河进行漂流；冬天时银装素裹，周围的山上又有着世界著名的天然滑雪场。

小镇中心有一座鹿角公园，四个拱门是用麋鹿角搭建的，共用去了7500根鹿角，这个公园便以此而闻名世界。麋鹿就是我们俗称为四不像的动物，它的头脸像马，角像鹿，蹄子像牛，尾巴像驴，在中国是稀有动物，在这边，却成群结队地出入。

原来小镇以前正好在麋鹿迁徙的路线上，大批的麋鹿、羚羊秋天要从北方迁徙到南方过冬，自从修了高速公路以后，这个迁徙的路径被阻断了。美国政府为了保护野生动物，就在杰克逊小镇附近建立了一个麋鹿保护区，让麋鹿不用再越过高速公路就能过冬。所以，每年冬天，会有近万只麋鹿从山里躲入这个山坳之间的平原，在这里躲避冬季凛冽的暴风雪，它们在积雪下寻找食物，静静地反刍、等待。

这些鹿角是怎么得来的呢？原来，春天一到，麋鹿的角就会自动脱落，然后长出一副新的来，这时杰克逊镇上的童子军就会到保护区收集它们的鹿角，沿着小镇的公路摆卖，所得的款项用来支援童军建设，而剩余的，则用来建造公园的鹿角拱门，或者替换其中耗损的部分。

在小镇上逛逛，商店、酒吧、餐馆、公园、街道上，人们熙来攘往，十分热闹。

我随便走进一家商店，里面充满着狂野气息，西部元素处处可见。店里出售的商品有牛仔裤、T恤、皮衣夹克、皮靴、卷边牛仔帽、烟斗、来福枪、左轮等。墙上挂着鹿、熊、牛等动物的脑袋，有一只美洲野牛脑袋固定在二楼的楼板上，瞪大眼睛，注视着每一个进来的客人，甚至还有一个直立着的熊标本，站在门附近，失去了野性后，倒有几分憨态，每个过来的人都要跟它合张影。

我们住在山脚下，第二天早上，刚刚日光曈曈，我便起来去爬了一下山。这山上似乎并没有正经修过路，勉强看出像路的那几条歪歪斜斜的线，更像是人们用鞋底踩出来的印子，走起来挺费劲，稍不留意就会踩滑。

就这样小心翼翼地爬到半山腰，我碰到有人正沿着这样的"路"跑步，还有人在遛狗，从山腰往下看，草坪上聚集着许多乌鸦，整个小镇正在慢慢地苏醒。

回去喊女儿起床，一系列忙碌过后，已快11点了，虽然今天还有很多的安排，但还是想让她去山脚下看一看，那儿有一个小小的公园，摆放着儿童秋千及单杠，还有几块供攀岩的石壁，旁边放了几张野餐桌，现在已经被人铺上了桌布。

女儿一过去便玩了起来，最吸引她的是攀岩设施，她最近去过体育馆的攀岩馆，正对自己的攀岩技能自信得不行，几块看上去很简单轻松的攀岩石壁，看上去像是幼儿园里给孩子玩的一样，不过

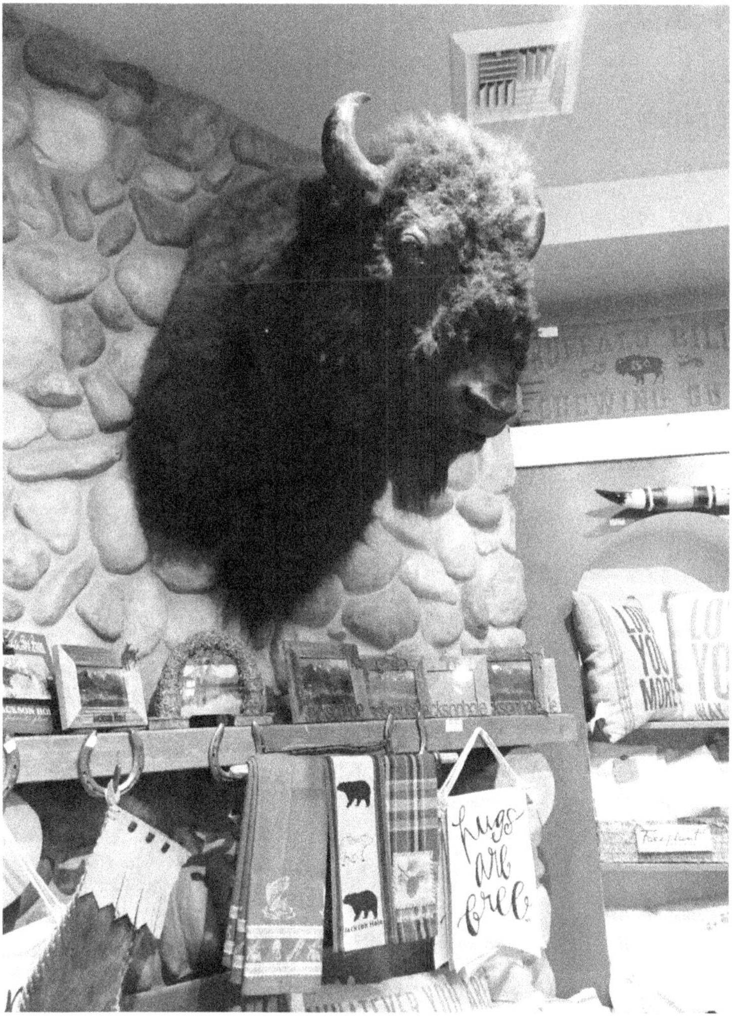
hugs are free

两三米高。

女儿自信地过去试了一下，没想到攀起来并不轻松，也是因为在攀岩馆内玩时，有防护设施，有人在下面拉着绳，心理上会给她一些安全感，实际上也会给她一点点向上的拉力，而这次，只是徒手攀，她的心中首先会有一些胆怯，因此，她费了很大力气才爬了一半。

这时，旁边有一对正在攀岩的情侣，他们手肘、膝盖有防护设施，手上还缠着布条，似乎是用来防滑的。那位男士看到女儿爬得很吃力，便对女儿做手势，嘴里还说："跟我来，来啊，我带你看这个。"

女儿回头看了看我，我笑着对她说："过去吧。"

我这个小闺蜜其实是很乖巧的，她自有一套察言观色的本领，知道什么事必须先征求我的意见。

女儿跟他跑过去，原来那边有一个更简单更平整的岩壁，适合初学者及小朋友玩。

女儿攀了起来，男士看上去也就二十出头，他在下面张开双臂做着保护，还不时地指点着，帮她的脚去更准确地找点。这一次，女儿顺利地爬到了顶，得意地回头让我给她拍照，那位男士则向她伸出了大拇指。

攀完岩，女儿又要去爬山，我就躺在山坡上的草坪中等，想着好久没有运动了，便趁这个时间，做了几下瑜伽的拉伸动作，然后完全彻底地躺在那里放松。

天空好蓝，飘着大朵大朵的白云，这不就是我们小时候作文中的套话，"蓝天白云""秋高气爽""青草如碧"吗？白云在缓慢地移动，一如现在的时间，从我眯着的双眼前流走，我却并不想去挽留。四周是静谧的、祥和的，太阳在云朵后面躲着，只是散漫地发着温吞吞的光，并不强烈，刚好够驱走"冷"的感觉。身子倒在细茸茸的小草上，裸露的皮肤可以感受到小草痒扎扎的戳弄，像是调皮孩子的恶作剧，鼻子中是青草汁的新鲜味道，清新宜人。

　　女儿在山上跑来跑去，一朵小花、一只蝴蝶都可以吸引她好半天。

　　生命的意义在哪里？在都市中做一只忙忙碌碌的蚂蚁，就一定比躺在郊区环境优美的草坪上无所事事，更有意义吗？当然不是。但是，不管生活是枯燥乏味或是顺风顺水，是紧张压抑或是轻松愉悦，是鸡飞狗跳或是一潭死水，都应该给生命留出这么一会躺在草坪上放空的时间，它是一帖治愈剂，让你聆听自然的神奇美妙，让你感悟生命的渺小虚幻，让你看淡身边的是非成败，让你疗愈创伤，宽恕背叛，最终你的心中只会单纯地觉得，生命真好，活着真好！

　　女儿用小草拨醒了沉醉中的我，我们手拉着手，向山下走去。

　　临走前又在镇上逛了一下，白天的小镇与夜晚，又是不同的，它美得明艳，美得仪态万方，在鲜花、雕塑的点缀中，是一家家美术馆、乐器厅、运动设施专卖店、古朴厚重的餐厅等。白天，公园边还摆起了许多小摊，卖小吃、艺术品，还有周边农民赶着马车——真正的马拉的车，很有时代感，没想到这个年代，居然还有人用马

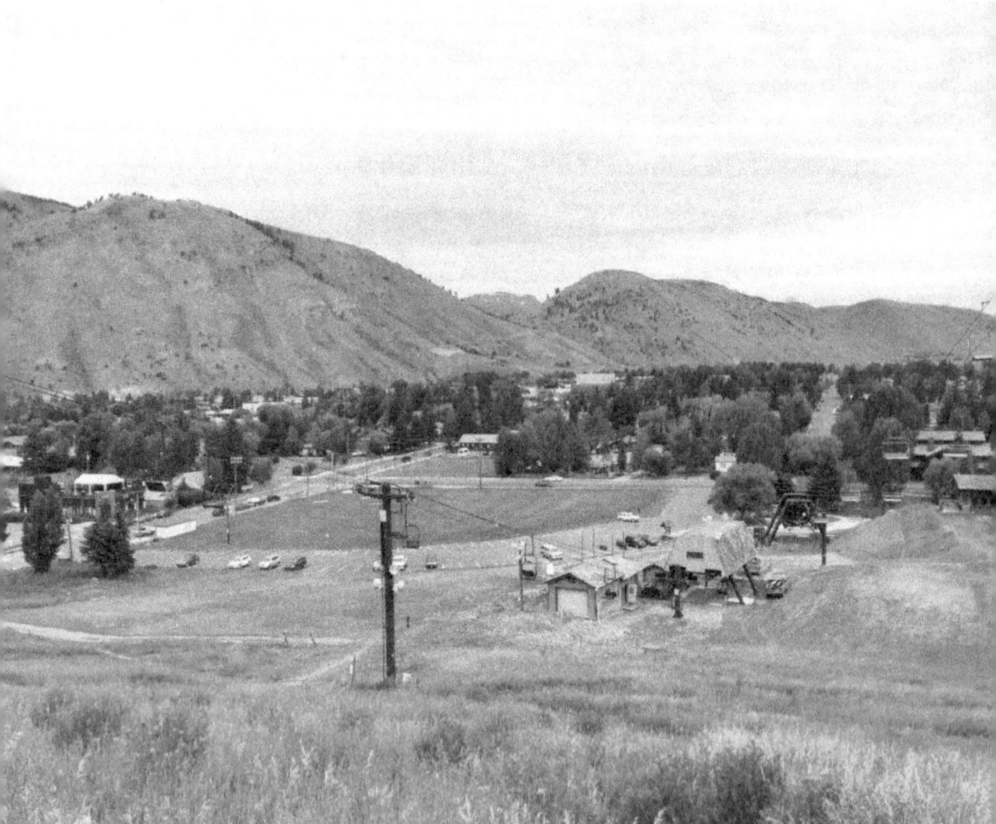

车——拿来了他们地里最新鲜的农产品和自己加工的蜂蜜、果酱、面包等,就像我们农村的大集市一样,摆出来就开始卖了。

女儿被一家专卖油画和工艺品的店吸引,店里的商品都是以西部牛仔为题材的,二楼正在播放一个视频,是一位艺术家作画的过程。女儿正在学画,于是兴致盎然地看完了整个英文视频——虽然语言不通,但艺术是无国界的啊!

自由行的乐趣就在这里,行程自由,想走就走,想停就停,不用去管什么计划,无须预订什么重要景点,更不用担心有人催着"快走",一切随心而行。

这么一个美得令人心碎的小镇,真是让人舍不得离开,假如说要给"宜居的城市"下个定义的话,那么在我心目中,这个小镇就是其中一个答案。

瓦尔登湖

读过梭罗的《瓦尔登湖》一书,对他书中记下的在小木屋中度过的每一个恬淡、安详而简单的日子都印象深刻,他的文字如美梦中的呼吸一般轻盈,淡淡的味道让人心旷神怡,他笔下的美景更是令人陶醉而神往。

中国也有一些著名的隐士,如陶渊明,他的"采菊东篱下,悠然见南山"的名句,也流传甚广。

如今来到了大提顿国家公园,看那山川河流在眼前展开,不神秘,不雄壮,却有一种空旷秀美,怎能不令人联想起文人笔下的隐居生活?

在杰克逊镇盘桓了大半日,吃过简单的午餐,我们这才开着车出发。

从杰克逊镇开出去没多远就进入大提顿国家公园了,这是一种润物细无声式的进入,没有明显标志,也没有大门,也许路标会有,可是我对于英文不那么敏感，所以也就没有明确的界线感。就是开着开着车，不知何时，发觉周边风景变得秀丽起来，远方有山，绵延不断，既有几分像中国的山水长卷，又有着说不出的不同。

欠缺了些什么呢？我仔细想了一下，应该是一种意境感吧。中国人欣赏名山大川，总是希望有奇石、怪松、云海等，或险峻或奇崛，或陡峭或含蓄，最喜柳暗花明之处豁然开朗，行至山穷水尽之处，却还有另一番云卷云舒之景。而目前展现在我眼前的，却是神清气爽的天空和郁郁苍苍的山林，以及不徐不疾清澈奔流的河水，虽有万壑千山，却都规规矩矩地挺立在敦敦实实的底座上，巍峨挺拔有余，奇巧精致不足。

公园的主线就是提顿山脉，以连绵的雪山山峰而出名，最高的山峰就是大提顿峰，海拔4199米，但我们只是走了一小段，从外缘斜插而过。

当我觉得车外风光渐渐壮观时，路边也多了不少观景点，于是我便停车，下车亲近一下大自然。从观景台前望去，自然的雄浑高远辽阔之美深深地震撼到了我，我带着女儿走下公路，来到水边。

蛇河曲折地流过大提顿国家公园，公园中的雪山冰川水，便在沿途不断地注入其中。站在流动的冰川水边，我体会到了"半亩方塘一鉴开，天光云影共徘徊"的意境。水流潺潺，清澈见底，忍不住摸了一把，冰冷彻骨，细看还有小小的游鱼，身体与河床底的鹅卵石完美地融为一色。

面对群山而站，脚下是潺潺的流水，我撑开鼻翼，深深地呼吸着这里的空气，不由自主地张开了双臂，幻想融于这美景之中。天空湛蓝，草地辽阔，远方的山体上是深绿的松树，近处是浅绿色的小草，间杂以色彩斑斓的小花。整个世界有着错综复杂的绿，层出不穷的绿，深深浅浅的绿，绿到发黑，绿到变白，绿中似乎包含了整个世界的色彩，绿到整个人都想飞身而入，融化到这片绿中，让身体的每一个毛孔，都体会到干净清新的感觉。空气中弥漫着青草的生味，腐殖土的轻淡酸味，还有花的香味，湖边的水汽味道，风还会带来远方鸟儿的味道，所有的这些味道组合在一起，像在我的脑海中，徐徐展开了一幅美丽的画卷。

我确信，这个世上最美的艺术品就是大自然，任何人工的东西，都不如大自然本来的面貌美：那配色，那匠心，那一朵花的精致，那云朵的形状，那河中的漂流木，那鱼儿身体的颜色与形状，都是艺术品。

蛇河名副其实，细细长长，像一条大蛇蜿蜒了好几个州，我来时经过的许多小镇，几乎都是围绕蛇河而建。蛇河也从大提顿国家公园中穿过，并成为公园中最大的天然湖——杰克逊湖的主要水源，它沿着山脚一路向前，在密林中穿行，颇有些静水流深的味道，看上去波澜不惊的，因此很适宜皮划艇之类的水上运动。

我们一路驶来，看到不少的车子顶上都架着一个小小的皮划艇，还有的小客车顶上架着一艘独木舟。我一开始不明白他们是做什么的，好奇心驱使下，便跟着一辆车沿着山路开了进去，经历了九曲十八弯，开到仅容一人通行的小水泥路上，又开上了一条裸露着碎石的小土路，终于来到了路的尽头，那是一个浅滩入口处，停了不少车子。

我看到他们终于停下了车子，车上下来大人和孩子，从车顶上卸下小船及各种东西，从这个浅滩推入水中。

大提顿公园内，似乎并没有什么大的景点，但又处处都是景点，喜欢大自然的人，在这里可以流连几个月而不会厌倦，这儿有一年四季不同的景，还有许多野生动物悠闲自在地生活；水域上有各种水鸟，它们优美的姿态，令人着迷。

当我仅仅窥见这个公园很小一部分时，我便很自然地联想到了瓦尔登湖，在我心目中，它便藏身在这个公园中的某个角落，梭罗便在那里生活着，躲开我们所有的游客，享受着独属于他的那一份湖光山色。

搭便车

上午，我们从黄石公园门外的科迪镇出发，一路上边走边玩，公园是有界的，但自然的美景不会因着人为划定的界线而分开，这一路仍然延续着湖光山色的风格，还途经了一两个小的州公园。

待到进入黄石公园，已是下午2点多了，我们从钓鱼桥房车宿营区开出来没多久，就碰见路边有个人竖着大拇指。我记得在电视和书上看过，这个手势代表着要搭便车，但现实生活中我还是第一次遇到。并没有太多反应的时间，一个刹车就停了下来。

那是个二十多岁的小伙子，个子不高，有点偏瘦，戴副眼镜，站在风中，头发被吹得凌乱，脸上斑斑点点的，上身是件格子衬衣，敞开了前襟，露出里面灰绿色的T恤，他看到我的车子停了下来，立刻露出了笑脸。

这时我却有些后悔了，这样做是不是有些太莽撞了？我一个女人带着孩子，在这边又是人生地不熟的，自己尚且小心翼翼、战战兢兢，泥菩萨过江呢，居然还多管闲事，想着帮助别人。万一出了什么问题，我手机又没有信号，想报警都没办法；我英语又不好，求助也很难，这样太危险了。

瞬间，脑子里又闪过许多关于美国治安的报道，美国人可是合法持枪的，许多人口稀少的州，都出现过女子莫名失踪、被劫等的案例，如此一想，后背都开始渗出汗了。万一这个人不怀好意，我引狼入室，恐怕莫名消失几年，都不会有人发现吧？

这时，那个小伙子已经笑眯眯地来到车门口，此刻跑还来得及。跑，还是不跑？这是个问题。

犹豫间，我已经摇下了窗户，硬着头皮问了声好，并不敢开车门。

他问我：“你好，请问你要去哪里？”

"我准备去峡谷区。"我这人不太会撒谎，更何况在没搞清楚对方目的地之前，撒谎也没用。

他一听，就很开心："好的好的，太好了，可以搭我一段吗？"

电光石火之间，我心中又反复斗争了好几个来回：搭，还是不搭？他的表情中充满了期待，此刻再想说出拒绝的话，还是有点费力。看他衣着还算干净，人又很有礼貌，笑容很温暖单纯，长得也是文质彬彬的。来了这几天我对美国印象还挺好，更何况现在是白天，车来车往的人也挺多，黄石公园内治安又不错，要不，就搭上他吧？

于是我对他招招手说："上车吧。"

他站在车门前并没伸手。

我下车，打开副驾座的门，把前座堆的衣服、手机等一股脑抱到了后座，女儿本来就坐在食物堆中，现在更是脚边腿上都堆满了东西。

前座清理好了，那个小伙子把他那个半人高的大背包放到后座上，然后坐上车，我们继续向前开。原来他是要去瀑布区，途经峡谷区，我正好顺路带他一段。

开着车子，突然有种很奇妙的感觉，我飞过半个地球来到一个陌生国度，周围的一切，连空气都是陌生的；这个小伙子是这个国家的人，这儿有他熟悉的语言和环境，本来应该是他为主我为客的；然而，在这个车子内，在这个小小的封闭空间中，我却成了主人，他成了客人，真有种错位的感觉。

小伙子话不多，不像那种热情、饶舌的美国人，会一串接着一串地往外蹦英文。他先是礼节性地介绍了自己的名字叫杰克，然后便很安静地坐着，开始了我问一句他答一句的强行尬聊，答完过了一秒钟，可能是出于礼貌，再问我一句话，他讲话尽量用着最简单的句式，我想他是发现了我英文很弱吧。

在这么一问一答中，我还是大概知道了他是从东部华盛顿哥伦比亚特区过来的，是个电脑工程师，他的形象的确跟我心目中的理工男很吻合。他告诉我，他有两周的假，这也是他第一次来黄石公园，先是直飞到黄石公园东门外的科迪镇，就是我们昨晚住的小镇，然后背上背包，靠着搭便车一段一段来到黄石公园内。他在黄石里面已经待了约一周时间了，一直住在瀑布区的帐篷露营地，他对里面地形很熟悉了，不用看地图，就知道各个地方的方位。黄石公园内有很多徒步路线，他已经走了不少，平日工作总是与各种机器打交道，难得假期，就用来亲近一下大自然。

其实这样的聊天经常冷场，我不得不绞尽脑汁，用有限的英文组织一句话，同时还要好好开车，好在外面的风景不错，我们时不时可以欣赏一下，来将冷场的尴尬给润滑过去。

在堵车时，我指了指后座，给他介绍：这是我女儿，英文名字叫 Diana。

我介绍女儿给他的时候，其实心底是有个小九九的，是想着多一个人参与聊天，我的压力不那么大，车内气压也不至于那么低，更何况女儿平常话挺多的，我很希望她能帮忙活跃一下气氛。

他便回过头去跟我女儿说："你好，我叫杰克。"并伸出手来跟女儿握了一下手。

他又问女儿："来美国开心不开心？喜欢美国吗？"

女儿的英语水平立刻露馅了，询问的目光转向了我，我给她翻译了一下后，女儿大声地回答了一句："Yes!"

虽然女儿没有像在国内那样叽叽喳喳说个没完，但是有我的翻译时间作为缓冲，也减轻了不少冷场的尴尬。

就这样，不紧不慢地，车子开到了峡谷区，他告诉我他可以在路口下车。恰巧前面有两个紧挨着的路口，我在第一个路口就靠边停了下来，他急忙道歉："不好意思，我可能没说清楚，是在下一个路口。"

我停车后,帮他取出行李,看他再一件件或背或拿,都归置妥当了,冲他说了一句:"好好享受你的假期。"然后我们便挥手告别。

我从后视镜中看到,他再次站在了路边,竖起了大拇指,等待着下一段旅程。

野牛群

我和女儿在峡谷区的餐厅里正吃着汉堡和薯条,看到那个帅气的服务生小哥正收拾桌面准备下班,便问了一句:"工作结束了?"

小哥做了个痛苦的表情说:"今天的事忙完了,但,工作是永远做不完的。"

美国人是不会放弃任何一个吐槽的机会的。

为了安慰他,我把剩下的薯条打包了,然后给他留下了小费,好让他早点下班。

出来后看看表,已过晚上7点,不过天还是很亮,而我们晚上的计划,是要赶到东北门外入住。查了下地图,从塔瀑直接向东转,一直开下去就到东北门了,路还挺远的,因此,不能再耽误了,直接赶路吧。

开了约一小时,一路经过的几个帐篷营地,一律挂出了"FULL"的牌子。我第一反应是,连住个帐篷都这么抢手吗?在我心里,住帐篷总是不得已的选择，但后来查了一下才知道，就连扎帐篷的地方，也是需要提前半年预订的，并不是我想象中，随便在公园内找个空地就可以了。公园内有不少野兽出没，随便扎帐篷会有危险。这里专为扎帐篷开放的营地，是提供水和卫生间的，营区内也有商店，而营地有专人管理，安全是有保障的。

前面的车子渐渐多了起来，路边的牌子上写着不许停车、不许下车行走等字眼，让人心中不由得生出了一种紧张：怎么回事？难道附近有大型猛兽出没？

又开了约十分钟，我们惊喜地发现，路边有几只野牛，身躯黝黑庞大，正在草地上悠闲地踱步吃草，我忙喊女儿帮我拍照，并放慢了车速。

刚拍完没两分钟，又发现了几只野牛，还没等我喊女儿拍，便发现眼前似乎突然闯进了许多只野牛，右手边的山坡上，黑色点点，粗略看去，总有一两百只吧。女儿惊喜地大叫，我催她快多拍几张照片。有些野牛离公路很近，连咀嚼、打喷嚏的声音都听得清清楚楚。

怪不得形容人身体强壮，总会说体壮如牛，看这些成年公牛，身躯庞大，远超家养的黄牛、水牛。它们身披黑毛，前半身的肌肉一团一团的，好似能看出肌纤维的走向，随着行走吃草躺卧反刍，或张或弛，或隐或现，呈现出漂亮的张力，仿佛蕴藏了无穷的力气。

女儿跟我炫耀她今天刚学的英文："老妈，看，好多的bison啊！这个bison正在吃草，这边还有个baby bison。"这个词是跟今天搭我们便车的那个美国小伙子学的。

我们就这么边惊叹边向前走，两只眼睛左右转，生怕把这一生也难得亲见几回的野牛群给漏掉了。

又开了几分钟，离开了野牛群的这片领地，前面却突然堵了起来，汽车排成了长队。咦，怎么回事？第一次在美国碰上堵车，遥遥目测，似乎还堵了挺远的。大家耐着性子，时不时向前移动一下，对面车道偶尔会过来一辆车。

就这样一步一步地蹭到了堵车的中心点附近，才看到了原因，是一队野牛正在过马路，稀稀落落的牛群目中无人地拖儿带女，横过马路，到对面的草地去。

所有的车子，就这样安静地等着这群"牛大爷"过马路，趁着队伍中断时间较长,会过去几辆车,剩下的人再耐心地等,等的时间也不会闲着,很多人都拿出相机、手机、摄像机,一通狂拍。

好不容易到我的车子了,我刚准备过去,只见一头野牛过马路,走了一半,竟悠悠地停下了,站在了路中间,摇摇头摆摆尾。我忙踩住刹车等它,谁知,它好似成心堵我的车一样,寸步不移了,它在做什么啊?这公路上又没有长草。

我等了快一分钟,也没见它有走的意思,便干脆熄了火,看它究竟要做什么。又是几分钟,它的牛蹄子只是动了几次,挪了半米都不到,怎么回事?

按理说,它不会无缘无故地停在这里的,周边除了对准它的长枪短炮以及一个个铁皮的庞然大物外,也没有它的同类,柏油铺成的冷冰冰的路面,肯定不如长满绿草的松软土地舒服、有温度。

但它为什么会停下?

观察了一会,我发现它隔几秒钟便叹息似的摇摇头,尾巴甩来甩去地驱赶蝇虫,还不时地回头去看,有两次,腿脚迈了起来,我以为它要走了,没想到只是挪了挪地方,又站住了。

终于,我灵感一现,扭过头去看它的后方,果然,在不远处,有一只小牛,正在路边摇头晃脑地吃草。谜团瞬间解开了——这是一对母子,它是在等它的孩子一起过马路。

时间一分一秒地过去,天色也越来越暗了,夜晚的凉风吹起,吹拂在身上脸上倒也惬意。堵塞的车队越排越长,但没有任何人发出不耐烦的声音或是试图影响这对母子。

在我们所有人静默、耐心地等待下，那头小牛终于吃够了，丢下嘴边的食物，轻快地一跃，上了公路，讨好似的用脑袋触碰了一下它妈妈的后腿；它的妈妈很严厉地回头看了它一眼，似乎在表达责备的意思，然而很快便原谅了它，继续迈着慢悠悠的步子，带着它的孩子，安全地走到了对面的草地上，汇入了牛群之中。

道路恢复了畅通，两侧的车辆重新流动了起来，风从车窗中吹进来，我也在夜色中加快了赶路的步伐。

天下的母亲都是一样的慈爱，天下的孩子正因为享受着这份慈爱，才会这样放心而任性地调皮，这个"牛"孩子啊！

熊出没

这里是黄石公园东北门外的一个小镇,叫银门镇。

我们在穿过野牛群后,便一路狂奔——夜晚的黄石公园让我有些怕,总臆想着夜色掩映下的旷野中,隐藏了什么危险。今天晚上我们要住在银门镇。

银门镇很小,分布在公路两边,估计不超过十户人家,但景色极漂亮,远处有雪山,近处有溪水,住户周边都是树林环绕,路边的警示牌上画着一个熊的标志。

在酒店住下时已经很晚了,房间里有一个口哨和一把手电筒,旁边一张小卡片上有说明,这是户外遇到熊后的求救套装。睡前我仔细检查了一下门窗,窗子是双层的,门也拴好了,就是不知道这个小木屋是否足够结实。

管不了那么多了,疲倦很快将我带入梦乡。

早上,我照例起得很早,才7点多,太阳已经出来了,我走出小木屋，房前屋后地乱走。

我们住的是镇上唯一一家酒店，由一长排小木屋和几栋小别墅组成，还兼营了一家小超市，主要卖些日用品、旅游纪念品、明信片、零食小吃等，店前面的空地上，摆放了许多木雕作品，大多是以熊为主题的，有熊一家的各种萌态生活，线条拙朴，神态生动，有时候仅仅是简单几刀下去，便惟妙惟肖地现出了一只小熊。

长排小木屋的尽头是个小山坡，那几栋独立小别墅就散落在这里，每间别墅前都有一个小小的露台，前面草坪上摆着烧烤炉，屋角有垒得整整齐齐的劈好的木柴，美国西部风情十足。

绕过别墅区再向上走，就是树林了，清晨的阳光从树叶间洒落到地面上，在空中形成一道道光柱，有小鸟蹦来蹦去地在林间、草坪上觅食，就像光柱间跳动的音符，见我走近，便飞上梢头，树上时不时有小松鼠在奔跑嬉戏，这是专属于它们的晨间舞曲。

我一个人站在林中，只觉天地间静谧祥和，空气中弥漫着树木的清香，耳中听到的是清晨的鸟鸣，整个世界都在为我悄悄绽放。

我又向下走，穿过公路，来到溪边。水流潺潺，水底卵石大小各异，静静地躺着，享受着水流的温柔抚摸，岸边不知道是谁摆放了两把鲜红的木椅子和一张乳白色的小圆桌，和绿油油的草地与黑褐色的大石头共同组成一幅色彩浓艳的儿童画。

我蹲下身来，想起了柳宗元的《小石潭记》，其中描述的就是这样的景色，"水尤清冽，全石以为底"，我摸了一把溪水，冰凉彻骨，抬头看看远方，想必，这是从雪山上融下的水。初时未见水中有游鱼，但观看久了，才忽然发现，有些指甲大小半透明的小鱼儿在石缝间游戏，若不俯下身子，是发现不了的。

太阳已快爬到了雪山顶上，山尖处的金光越来越明亮，我一个人在溪边，周围虽无竹子，却也有树林环合，"寂寥无人，凄神寒骨，悄怆幽邃"之感，是一样的，所以我快步离开了。

我转了一圈，又回到了房间门口，在走廊下的木椅子上坐下，拿出刚买的明信片，一张一张地写起来。

我低着头，在很专注地仔细回忆这几日的感触，想将自己此刻的心情表达出来。

突然，我听到一声低吼，惊得我抬头循声看去，发现左邻门前站着一个五十多岁的男人，我写得太专注，竟不知他是何时出来的。我正奇怪刚才那声音是不是他发出的，为何要这样怪叫，只见他怒目前方，龇牙，皱眉，又是一声低吼"嗬"，我顺着他的目光看过去，发现我的正前方有一只黑熊，正溜溜达达地向我走来，边走还边用鼻子东嗅西嗅，此刻距我已经只剩两米左右了。

我瞬间傻掉了，定在那里，并不知道怕，第一个念头就是"熊"，这是一种很少见到的动物；停了一会，才想到熊应该是一种危险动物，虽然它现在看上去平和安静，还有几分憨厚可爱，但实际上它发起怒来，是一种很凶猛可怕的野兽呢。

我开始有些怕了。这种怕是慢慢上来的，是经验的涌动。

我整个人都呆在那里不会动了，也不敢动了，脑子断片了零点几秒后，才重新恢复工作。

我得赶紧想招,要怎么办?是不是该逃走?就这么不到一秒钟的时间,熊又近了几十厘米,我虽然嗅觉不那么灵光,却也能闻到一点它身上的腥臭味道了,清晰地看到它粗厚皮毛下肌肉的起伏,以及它湿答答的鼻子,甚至它呼吸时在空气中形成的微淡雾气。

它身高在1.5米左右,走起路来悄无声息,应该已经成年,是只经验丰富的猎手了。它四肢粗壮有力,爪子尖锐黑长,像一只只锋利的铁钩,我估计它一掌下去,足以把我的胳膊扯掉。

与我和邻居的紧张恐惧不同,它似乎非常悠闲,只顾专心地寻觅着地面上一切可吃的东西,或走或停,并不抬头看我们。

此刻,它又低下了头去闻什么东西。

我脑中瞬间又转了几个念头,跑吗?趁着它现在低头没有看我。不,不能跑,它似乎没有看到我,但如果我一起身,它就会发现我,然后就会扑过来,我哪里还有时间绕过这张小桌子,拉开门,冲进屋里?也不能动,记得以前英语课上学过一篇课文,就是一个人靠着装死躲过熊的攻击,捡得一命,这是不是说明熊看不到静止的动物?或许一动,反倒引起它的攻击了。不对,那是说明熊不吃动物尸体,如果它攻击我,我只有装死才能保命。可是,天哪,那太难了!

总之,不论我脑海中如何翻波滚浪,我整个人都是像被施了定身术一样一动不动。

我这边正在胡思乱想,旁边的邻居又猛地一声低吼,再次怒目,龇牙,露出了凶相,熊猛地停住了脚步,然后,稍顿,停了约有半秒钟,突然转身离开了。

那半秒钟，于我，像半个世纪那么久。

那半秒钟，熊在想些什么？左邻是位身高1.85米以上的结实男人，熊是不是在衡量，这个对手的体型比较高大，不好对付？

看着熊走到十米开外的树下，我忙起身，迅速跑进了屋内，关上门，这才稍稍找回了一点安全的感觉，随即又担心起来，这屋子、这门够不够结实，这头熊会不会一掌拍开？

好在，站在窗前，我看到熊向公路的方向走去了。随着安全感的滋长，我又记起来了什么，忙叫醒女儿："快看，有熊，熊，快起来，就在这儿。"

女儿迷迷糊糊地坐了起来，向窗外看了一眼，可能还没完全醒来，"嗯"了一声，说"看到了"，又倒下了。

我看熊走得远了，忽然想起这是个太难得的机会，忙拿起手机，开门冲了出去，悄悄在熊身后二十来米的距离尾随着，抢拍着。

熊来到我们酒店前台的房门前，停下来，闻了闻，可能没找到感兴趣的东西，又转身回去了，它从那些它同类的木雕前径直走过。

我远远地看到，急忙转身回来，小跑着回到屋里，关上门，再次从窗口去观察它。

女儿此刻又睡着了，我不管不顾地硬把她喊起来，让她透过窗子看外面摇摇摆摆走过来的黑熊。

熊再次从我们小屋窗前经过，兜兜转转地向后面小山坡上走去。

这时，熊来了的消息已传遍小镇，对面屋子跑来不少人，跟在后面看，山坡上小别墅里的客人也起来了，站在露台上看。

看到这么多人出来，我的胆子也壮了。

我又叫起女儿："快起来，难得一见的机会，不要睡了。"

女儿一脸迷瞪地坐起来，披上我递给她的长风衣，蓬头垢面地跟在我的身后，一起加入了追看黑熊的队伍。

黑熊绕到小镇的后面，然后向山坡走去，它似乎对自己引起的这场轰动毫无察觉，按着自己的步伐节奏，慢慢地回到山上去了。

我想，它也许有些失望吧，下山来找食物，结果却空手而归；山下的居民，也早已有了同熊打交道的经验，他们从不把食物放在露天的地方。在黄石公园里，尤其是宿营地，也到处都有提醒的牌子，告诉人们不要把食物放在外面，会招来熊的，看来果真不假。

看着熊消失的方向,突然回想早上时,我一个人去树林、溪边闲逛,颇有些后怕,万一那头熊勤快一点,早点起床,岂不是正好与我相遇?怪不得说,早起的鸟儿有虫吃,看来,早起的熊儿有点心吃,也是对的。

吃完早饭,看到左邻是夫妻两人,正在往车上放行李准备离开,我才记起早上人家喝退黑熊,我都没有道谢,若不是他,后果真不敢想象。

上午去前台办续住,酒店前台就是小超市的收银台,因此前台工作人员便要兼职收银员。今天的前台已换成了一个身高足有两米的络腮胡子的年轻男人,性格却是再和气不过的,只要有人一进店,他便微笑着问好,笑容中还透着几分羞涩——看着他,我脑海中浮起了三毛笔下荷西的形象——有人去前台付账,他总是要聊上几句,却又从不饶舌。

他问我:"早!有没有看到熊?"

我连连点头,激动地说:"看到了看到了,我正坐在门前写明信片,那头熊最近时离我只有两米远,我差一点成了熊的早餐。"我边说边比画着距离,描绘着当时的紧张局面。

他憨憨地笑了,又问我:"你从哪里来?"

我说:"我从中国来,你有没有去过中国?"

他说:"没有。"

我又问:"你就住在这个小镇上吗?"

他告诉我说:"是的,我就住在镇上。"

我说:"你真幸运,这个镇子太漂亮了,非常安静。"

他的脸上浮起了淡淡的笑,眼神像放空了一样看向远方,若有所思地点着头说:"是的。"

我扭过头,顺着他的目光看去,远方正是雪山,在清晨的阳光下,披上了熠熠的金光。只有生活在如此漂亮宁静的小镇,才能有如此纯净、远离世俗、简单的笑容。我想起以前去过的西藏,在山脚下的一个茶馆中,遇到了一个女孩,她也有着同样清澈的眼神和干净的笑容,像雪山上的融水一样清冽。

能生活在这里真是太幸运了,哪怕时不时会遭遇熊,哪怕不能长住,便是小住两天,也是幸福感十足了。

骑　马

女儿一直想骑马，于是，我们便决定上午去镇上骑马，中午还可以回来午休，下午再去黄石公园。

早饭后，便一路问着，来到了十几公里外的一个马场，到地方时是10：30，骑一小时，正好可以赶回去吃午饭。

马场在树林的环绕之中，里面有一个木栅栏圈起了十来匹马，马圈旁边是一个两层的大棚子，马圈之外还有两匹未上笼头的马，正闲站着吃草；离马圈三四十米处有一栋三层的小别墅，人字形的屋顶，原木的颜色，檐下吊着花盆，走廊上放着躺椅，一楼长廊的尽头，整整齐齐地堆着劈好的木柴，二楼的柱子上插着一面美国国旗，正中的栏杆前挂着一个牌子，红字写着"斯嘉利夫农场"和"提供骑行服务"，别墅掩映在树林中，特别宁静漂亮。

按马圈旁棚子上的指示牌，我来到那个别墅门前，敲门也无人应，推门进去，门上的铃铛响声也没惊动屋里的人，我只好走进去喊了一声。有个十几岁的小姑娘走了出来，她穿着一件格子衬衣，似乎刚才正在里间打扫卫生。

我说明了来意："你好，我们想骑马，我和一个孩子。"

小姑娘有着过分苍白的皮肤，连手背都是苍白的，颧骨、鼻梁上长满了雀斑，眉毛是淡黄色的，她似乎有点紧张，跟我说话时有种惊魂未定的感觉。我想，可能这个马场中从来没有来过东方人吧。

她告诉我："你好，我们这边只有一个骑手，现正在接待前一拨客人，需要等一小时。"

我一听，有些犹豫了，去黄石公园还有许多路要赶，这样顺延一小时，完全打乱了我的计划。

于是我说："稍等一会，我去问一下女儿，看她愿不愿等一小时。"

女儿倒是很坚决地要等，小孩子就是这样，想玩的东西没玩到，就没心思做别的事。

我想了一下，觉得出来旅游就是放松，就当休息，随遇而安吧，反正我也没有很强的计划性，下午的事情下午再说。

我转回去找到那个小姑娘，她仍然是用那种略带紧张的眼神盯着我，我忙笑了笑，说："好的，我女儿非常想骑马，我们可以等一下。"

她拿出本子给我们登记了，然后让我们在外面坐一下。

门前的草地上，放了两张长条木桌，都是木头本色，风吹雨淋得都有些发灰了。在美国户外，经常可以看到这样的桌凳，简单粗糙却又结实耐用。这里整个乡村都给人一种朴实无华的感觉，没有多余的装饰，没有现代社会的垃圾，绝大部分地面都是大自然的原样，树木也都是东一棵西一棵，自在地生长，没有排成一列。

我在木桌边的长凳上坐着休息了一下，然后又在附近随便走走，草地上有两只猫，一黄一白，女儿正一心一意地逗着小猫玩。

这里的动物们都好幸福啊，两只小猫自由自在地在这么大一片草坪上嬉戏。旁边就是马圈，几匹马在里面闲适地吃着草料，马圈外还有几匹马，身上没有任何束缚，在这片林子中自由地活动，估计它们是受伤或体弱，所以饲主特意让它们随意休养吧，好贴心的照顾。马圈宽敞干净，地上没有堆积的粪便，草料干净地盛放在料槽中，马儿们个个身材健美，神情放松。

在等待的过程中，又过来了一家四口人，也是来骑马的。

约11点，骑手过来了，是个二十来岁的女孩子，淡黄色的头发，很纤瘦，和屋里的那个女孩像是姐妹俩，都有着像失血过多的苍白皮肤，她穿着格子上衣、牛仔裤，脚上是美国西部片中出镜率最高的牛仔靴，靴的后跟处带着一个会转动的小风轮。

刚结束的这一拨客人是两个女孩子,她俩嘻嘻哈哈地向女骑手道了谢,进屋去付了钱,然后离开了。我以为很快就会到我们了,谁知那个女骑手进了马棚就不出来了,足足又等了二十多分钟,才再次出现。我看看表,11:30了,跟开始那个女孩子告诉我们的等一小时正好相符。

这边的服务和人们的生活节奏,真是不紧不慢,似乎赚钱是件不那么重要的事,人们更在意的是生活的体验,服务的品质。

她先向我们道歉,抱歉让我们久等了,介绍了自己的名字,然后牵出了几匹马,先问了那一家男主人的姓名,然后让他骑上去,骑好后,帮他调整脚蹬上的带子松紧,再教他如何控制马儿的前进、停止、左转、右转。

对接下来的每一个人,她都重复着这样一套服务流程——先问名字,再不厌其烦地对每一个人重复一遍控制方法——当她面对每一个人时,都是绝对的二人世界,细致耐心,保证了在一对一的服务中,提供给每个人同等质量的服务。

好不容易轮到我女儿时,她先问过我女儿几岁了,然后表现出了非常重视的态度,专门又进马棚内牵出了一匹稍矮的马给她骑。

我是最后一位,在听了六遍同样的骑行教程后,我们每个人终于都骑在马上了,时间已过去了二十分钟,可以出发了。

骑行路线是固定的,都是从房屋左侧的林子穿进去,在这片山林中穿行一圈,从房屋前侧的小溪边回来,正好一小时。一路上地形还挺复杂,有上山下山,有丛林,有乱石滩,还要穿过一条小河,真正体验了一把跋山涉水的感觉。

女儿以前也骑过马，但都是在国内跟我一起骑的，从没有自己单独骑过，更没有经历过这许多复杂的地段，她开始时是在队伍后面，那个女骑手就跟在她身后。

女儿很快就掌握了骑行的一些简单技巧，比如控制马儿转向，要向右转就拉紧右边的缰绳，要向左转就相反；马儿低头吃草时，要等它先吃一口，再拉紧缰绳提起来；想让它加快速度，可以用脚踢一下马的身体，它就会小跑几步；想让马儿走慢点，就把左右两侧缰绳一起向后拉紧。

女骑手对孩子一样平等看待，女儿受到如此待遇，自信增长得很快，她学得也非常认真，并且感受到了充分的自由：可以自己控制一匹马，至少这一刻自己是这匹马的主人，它听自己的话。这种感觉让女儿非常兴奋，也非常珍惜，她大笑着，一路上都在耐心地和马儿讲话，让它不要太贪吃，不要太贪玩，要跟上队伍。

我忍住笑一本正经地对女儿说："它是美国的马，不懂中文，你要用英文和它交流，它才能听你的。"

女儿真的改用了英文："No!""Come on!""Don't eat!"

我在一边听了，在肚子内狂笑。

正好一小时之后，我们又回到了原点，这时女儿已经对她骑的马儿产生了深厚的感情。

下马之后，女儿不停地抚摸着马的脑袋，并问这匹马的名字，然后絮絮叨叨地小声跟马儿讲话，一个劲儿怂恿我："老妈，我们

再骑一小时吧。"我说:"已经到中午了,那个姐姐也要吃午饭了。"女儿不死心,又说:"要不,我们明天再来骑?"我为难地说:"明天一大早就要赶路,离开这个小镇了,哪有时间来再骑?"女儿露出不舍的表情,我忙安慰她说:"美国有很多地方可以骑马,我们下次到另一个景点时再骑吧。"

付钱时,因为我身上没带零钱,只有刚刚找回的20美元,小费又不能不付,却又不知道如何表达"这20美元麻烦找回我10美元,我只想付10美元的小费",所以只好一咬牙,把找回的那张20美元都给了女骑手。

那个女骑手很意外很惊喜,因为另外一家人只付了5美元的小费，她很殷勤地给我和女儿拉开门，送我们出去，还一个劲儿夸我女儿聪明漂亮，我咬紧牙，在脸上摆出了笑，说："感谢你把我女儿照顾得这么好，她骑得非常开心。"

在回去的路上，我一直都在念叨着我的 20 美金。

随心而行

　　这个银门小镇带给我和女儿太多惊喜了：在院子中溜达的鹿、闯到门前觅食的熊、林间跳跃的小鸟、潺潺流动的溪水、远方的雪山、随处可见的小熊木雕、帅气和善的大胡子前台、房间中那个独特而贴心的手拎夜灯……

　　所有的一切，都让我和女儿决定，再住一晚。

　　于是，在这个极少出现东方面孔的偏僻小镇，是我和女儿美国行程中难得的同一家酒店住了两晚的地方，但似乎惊喜已在前一天透支了，第二个晚上又回来得极晚，跌跌撞撞地进了房间，只胡乱地洗漱了一下就睡了，实在是乏善可陈。

　　旅行也有高峰低谷，白天的行程比起前两天来，显然平淡了许多，虽然还是在黄石公园内，却也没了前两天时的新奇。加之出来休假已过了一周多，行程也过了半，初到这个国家时的新鲜感也渐渐地消退了，旅游的疲惫感在慢慢地上升……

早上吃完饭退了房，搬行李上车，坐进去，调好GPS定位器，出发，一天便由这些例行动作展开了。

第一次遇到的那个野牛栖息地，成了我们去往黄石景点的必经之地，如果初见时的心情是狂风巨浪，那么此刻反复遇见，心中便只剩点点微澜了。

先去看了猛犸象温泉，它是由好几个热泉，依次从山坡上一段一段地流下来组成的，山坡被泉水中的微生物染得五彩斑斓，从木栈道向上看去，像是一个彩色的大台阶。

依稀记得曾经在初高中地理书上学到过这个地质奇观，那时，这一场景在我心中，就像是在火星上那么遥远，我没想到可以亲身走过去，亲眼看到。

如今看了也就看了，没有太多激动，不过是对着女儿感慨了一下："妈妈以前中学地理课上学过这个，今天终于亲眼看到了。如今你们这一代，是先到实地去看，再过若干年才能从书本上学到，正好反过来了。"

女儿似听非听，可能是太晒了，人没精打采的。

接下来，又看了许多热泉，什么东西都是这样，一旦多了，便不觉得珍贵了，所以，后来许多热泉，如果不方便停车，便懒得去看了。女儿更甚，停了车，都懒得下车了，对我说："老妈，我在车上等你，你拍几张照片我看看就行了。"

从黄石东北门直奔黄石西南区，在整个黄石公园中以对角线斜穿，一路上植被变化非常明显，仿佛穿越了一年四季。先是光秃秃的林木，远方的山有种秋季的肃杀，慢慢地绿叶增多，远山看去长满了阔叶林。地形地貌也是变化无穷，先是在湖光山色中穿行，经过一些峡谷之后，来到一片平原地带，只是这片平原并不安静，远远看去，像是被刚刚烧过荒一样，时不时有烟雾升腾，其实那是地下喷涌的热泉。气温也是，早上出发时冷风飕飕的，像是深秋，到了热泉处，便仿佛炎炎夏日，烈日当头了。

在接近黄石公园最经典的景点——大棱镜彩泉处，人、车都多起来了，我们只远远地拍了几张地热温泉的照片，并没过去游玩，实在找不到停车位了。最后，我们到达老忠实间歇泉的服务区。

我在里面转了好几圈，仍然找不到停车位，可是女儿又要去卫生间，实在急得要跳起来时，我不得不动动脑筋了。这时我发现有两辆车之间间距很大。

美国地广人稀，美国人身材相对比较壮，因此对空间的使用及估算都是很粗放的。

我观察了一下，间距足够停我的车子，于是小心翼翼地开了过去，车头对准位置，方向盘打正，一点点地蹭进去了，技术难度并不高，只要小心就行。

停好后，车门是没法完全打开的，好在我与女儿都不胖，侧着身子挤了出来。

出来后看到停车场另一侧，距我们大约三十米开外，有三四个年轻人，靠在他们的车上，像看特技表演一样，欣赏了我停车的全过程，并不停地嬉笑着，交谈议论着，我估计是在赌我会不会蹭到两边的车。

我跟女儿快步跑去了卫生间，又在旁边商店补了点面包和肉肠，这就是下午茶及晚饭了。不敢多逛，怕两侧车主回来，美国人可没我们俩这么苗条的身材，肯定进不去的。

这么一折腾，又累又困又饿，完全没有继续游玩赏景的兴致了，干脆直接就向西门开去，在西黄石镇上休息了一下，补充点冰水，继续赶路。

下一个目标是旧金山，我为这段漫长的路程留出了两天的时间。我们没有走常规路线，而是走了一条低等级的州内高速。

美国西部这条常规路线，似乎成了国人第一次去美国的必走之路，而且连从哪条路走，晚上住在哪个镇，哪个餐厅是必吃的，在哪家店购物，都成了固定的了。我很反感常规，所以，总想试试不一样的方式。

当然，经典之所以成为经典，的确是有道理的，我想不走寻常路，肯定需要付出代价。这一路无论是吃饭还是住宿，都是碰到什么吃什么，走到哪里就住哪里了，固然会有许多不便之处，但那份意外的体验却足以弥补一切。

下午路过一个加油站，进去加油，这时隐藏了很久的困意袭来，我的脑袋也慢慢糊涂了起来，算算国内时间，正是凌晨睡得正香的时刻，上下眼皮分不开也是情有可原了。

我站在加油站里吹吹风，四处闲看，发现旁边有一个小草坪，草坪上有滑梯，有一个野餐桌，再四下观察一下，这应该是公共设施。这时困意越来越浓，于是我决定休息一下，把车子停在路边，让女儿在周围玩，我则躺到野餐的凳子上睡了半小时多。

就在这半小时中，天空从淡灰色变成了浓重的深灰，云层暧暧，风声密集，不多时就有雨滴落下。虽然只休息了半小时，我却缓过来了许多，重新续上了命，结束充电，继续赶路。

开车不过两分钟，雨滴便成了倾斜的鞭子，厉声抽打在我们的车上，并很快成了倾盆之势，我的雨刷开到了最高速，仍不过二三十米的视线。这时，整个世界就缩小到了我们的这辆车子内，车子好似变身成了一艘诺亚方舟，在漫天的洪水中，不断地飘摇前行。

我的精神高度紧张，车外疯狂的雨声，犹如世界末日到来一样，大自然的威力展现无遗。车内，我与女儿都不说话，紧张的气氛不言而喻。

我就这样慢慢地开着，路上车也少，雨也是时下时停、时大时小。大约两小时后，我们有惊无险地穿过了这片雨区。

这次暴雨中的行进，虽然并没有提高我的车技，却提高了我的胆量。许多恐惧源于未知，而旅行的过程，让人多经多历多听多看，缩小了未知的空间，使人遇事更有几分底气，这便是旅行于我的意义之一。

墨西哥快餐

在美国西部开车，是一件极为愉悦的事，大部分的路上车极少，尽可以一路狂飙，享受驾驶的乐趣。一旦发现路上车不知不觉地稠密起来，必定是要到一个镇或是城市了。

这天下午6点左右，我们路过了一个小镇。行驶在公路上，从镇中穿行而过时，发现路边有家墨西哥餐厅，突然就觉得应该去尝尝。也到晚饭时间了，于是一打方向盘，便转向驶了进去。

一进门，便闻到一股浓重的奶酪味道，柜台前排列了三排十几个小碟子，像调色板一样盛着各种颜色的酱或是颗粒，我只认得里面有切碎的红辣椒和大蒜，别的一概不认识。

墨西哥这个国家，于我来说，是很陌生的，只是大略地从地理课本上知道，它在北美，挨着美国。墨西哥盛产玉米和仙人掌，当地人喜欢戴大大的草帽，男的留着两撇小胡子，女的穿着鲜艳的裙子，都能歌善舞。

记得很小的时候，曾经看过一部墨西哥电视剧《卡卡》。当时太小，只记得卡卡是位年轻漂亮的姑娘，可是家里很穷，至于故事情节是什么，则完全没印象了。但是我当时虽小，却也有点疑惑，他们家很穷，可是她穿的衣服在当时的我眼中都很漂亮，家中也很干净，还有沙发和电视，这是很幸福、很令人向往的生活啊。如果说她家里很穷，那么，他们那里富人生活是什么样的，该有多快乐，我实在不知了，用现在的话来说，就是贫穷限制了我的想象。我不记得剧中卡卡吃了些什么，可能当时我对于外国人有一种笼统的认知，就是他们吃面包，我们吃馒头。面包也是我童年向往的美食之一，而像卡卡这样的穷人也能顿顿吃面包，好羡慕啊！

总而言之，我对墨西哥菜几乎毫无概念，直到多年后，我读三毛的文章，她有一次提到了墨西哥的一种食物叫塔可（Taco），文中形容得很形象：手伸过去，对方往手上放一片玉米饼，然后浇上一勺子黏糊糊的东西。三毛还吃了别的什么，她也没有仔细记录，但她的这些文字却在我脑海中勾勒出这么一幅图来。

如今拿起菜单来，研究了好半天，也不知如何点，好在店里有搭配好的套餐，旁边还配有图片，看图片上似乎有米饭一样的东西，更有两块包着碎乎乎渣子的塔可，挑来挑去，那就这个吧，成天汉堡来汉堡去的，这几天特别想吃米饭，而且还有塔可，正好也体验一把。

可惜女儿拒绝吃这边的食物，虽然我一再诱劝她，应该多尝试一下新鲜事物，挑战一下没吃过没玩过没看过的东西，她仍旧把牙

关咬得铁紧。

食物装在一次性快餐盘中拿了过来,我把杯子交给女儿,让她自己去挑饮料,我开始研究这份墨西哥餐:包括两个塔可,一份米饭,一份稀乎乎的东西。

那份颗粒样的东西虽是米饭,但嚼起来有很粗糙的颗粒感,米粒是长条状,颜色呈橘黄色,蒸得干干的,松松的,一粒一粒的,我还以为拌了什么调料,吃起来却什么味道也没有,也没有米饭的香味，味同嚼蜡说的就应该是这种情况。我把塔可里的肉末拌进去一些吃，勉强可以下肚。我细看米粒的形状，是个两头一样粗细的类圆柱体，但横剖面不是圆的，而是有点像三角形。那份稀乎乎的东西味还不错，有点像中式的煮红豆糊糊，上面还撒了些黄色线粒状的东西，不知道是什么，似乎也没什么味道，我就当稀饭一样囫囵着喝下去了。我们的味觉，应该是酸甜苦辣咸等，而这些饭菜，都恰好完美地避开了这些味觉体验，我好像很难从以前的味觉经验中，找到类似的感受。旁边还有两个塔可，我力劝女儿吃点，她最后只肯尝尝里面包的肉末，像是牛肉末，上面还铺了一层洋葱西红柿丁，拌着碎芹菜一样的东西，我连着玉米饼一起吃掉了，味道有点怪，不好吃但还能吃，依然是不咸不淡不甜不辣不酸不苦。

我看着盘子里的玉米饼，想起玉米与中国的渊源，这是吃到了玉米老祖宗产地的食物了吗？

玉米可说是美洲的土特产，据说大概在16世纪初传入中国，因其耐旱、耐寒、耐贫瘠，对土壤要求不高，便在中国广泛种植了起来。玉米的传入提高了我国的粮食产量，使我国能够养活更多的人，对社会产生了深远的影响。

想到这一点，吃下去的玉米饼似乎也有了不同的意义，只是不知道吃到的，是不是正宗的墨西哥菜。

店里只有两三个肤色深重的男人，长得十分结实，肚腩凸出，大鼻子，留着胡子。他们远远地坐着，很安静地吃着自己的食物，也曾好奇地往我们这边看过，那是两种很遥远、很陌生的文明的一次对视。

女儿最开心的仍然是有那么一大杯无限畅饮的汽水。

这个地方，离墨西哥还很远，不知道为什么会有墨西哥餐厅，是当地有很多墨西哥人吗？小镇空旷，吃完饭出来，也没见到几个人，已经快晚上7点了，天空仍旧是亮的。

这是我在旅行途中一个不经意的小插曲，因为是临时起意，所以我也没记下这个小镇的名字，事后也没有了解过它，只是一时的闪念，让我停下车，在这里吃了一顿从没见过的快餐。

旅途中总会出现许多颠覆以往经验的事情，出乎意料，无法预测，但如果抽丝剥茧，却又能发现那么一丝丝的缘分，在许多年前便已埋下。或许是幼年时的一部电视剧，或许是青春期读到的一段文字，又或许是路边接过的一张传单、朋友间无意识的一次聊天等，像蝴蝶的翅膀一样，扇动一下，穿越了几十年的时间，某天突然就变成了脑海中一闪而过的念头，最终成就了人生中的一段经历。

人生真的很奇妙！

美国大饭店

旅行仍在继续。

吃完晚饭,又开了一小时的车,感觉有点累了,不想再赶路了。这时看到路标指示,前面有个镇叫"美国瀑布",我想,名字起得这么响当当,以国名冠之,必定是个繁华的所在,眼看天色已晚,人已疲倦,不如早早打尖休息。

于是7点多,我们就拐下高速,去找地方住了。自由行就是这么随心所欲,却也时时有惊喜在等待我。

果然,"惊喜"就在不远处。下了高速,左手边就有一家旅馆,名字甚是大气,叫"美国大饭店",却是我见过最破旧、最荒凉的一家店。呈L形的两列平房,前面是一大片空地,空地上停了两辆小车,一辆皮卡车,招牌竖在路边,用一圈很俗气的霓虹灯装饰着,房子背后是一片荒山,房前的停车场周边也是些发黄的草地和杂乱的枯木,呈现一种年久失修的感觉。若不是走廊上坐着个衣衫不整、胡子拉碴的胖汉子在喝啤酒，我真的要以为这是家荒废的汽修厂了。

我停下车，在路对面看了几秒钟，实在不愿意住，便继续往前开。又开了约一公里，感觉这个小镇十分荒凉，街道两边只有稀稀拉拉的几家汽修铺、快餐店，店铺后面都是荒山，山上是几乎一人高的杂草。我开始担心这个镇可能就这么几家房子，不知又要找多久，实在很累了，干脆又掉头回来，就住这个"美国大饭店"吧。

此时，那个美国版的"鲁智深"已不在走廊上了，我停好车，按指示箭头找到前台办理入住。

前台是一间极小的屋子，一个短短的柜台，杂乱地摆了许多东西，密集恐惧症患者看了足以窒息，这样高效地利用空间，很像香港的感觉。

按了一下铃，出来一个满脸斑点、斜着眼睛、牙齿外凸、头发蓬乱的小个子女人，她见了我很诧异，估计这边从没来过东方人吧。

我努力地挤出笑容，问道："还有没有空房？"

她点点头，转身大喊"Jack，Jack"，然后扔下我不管不问，就回里屋了。

我尴尬地站着，不知接下来会发生什么事，在犹豫是不是该离开了，这时出来一个矮小但结实的男人，上唇蓄着小胡子，脸上像是积满了灰尘，说话像是口中含着烟草，字音模糊不清，要很费劲才可以听明白，他边说话边不时地用手提一下裤子。

此刻，我心中特别后悔，没趁刚才的机会逃走，如今想换个地方住，却已经没有机会了，只好硬着头皮住了下来。

他问我付款方式，我给了他一张100美元的钞票，并要他打印一个收据，当时是担心信用卡被乱扣钱，所以选择付现金，但是他却没有零钱找我，说让我稍等，晚些时间再找我。我立刻警觉起来了，美国人这么奇怪吗？就算不开店，难道家中不备个几十块钱的零钞？何况还做着生意啊！他不会是想黑下我的钱吧？现在逃还来得及吗？

这个男人先把我领到了房间，这是我这二十天来住过的最破最差最脏的一个地方，但是，也没办法，只好硬着头皮住下，还努力控制住表情，显出满意的样子，希望给他留个好印象。我小心翼翼地很怕惹恼了他，在这荒郊野外的，我们母女俩从这个世界上消失估计都不会有人知道。后来查地图，发现旁边就有警局，我才稍稍放心，想来安全应该是有保证的。

然后我站在窗前，看那个男人开着皮卡车离开了，过一会回来把零钱找给了我，原来他去附近店里换钱了。想来从入住到现在，我处处提防，是多余了，我也犯了以貌取人的毛病。

我在房间里休息了一下，看着外面"美国大饭店"的招牌，想起了钱锺书的《围城》里记载的一个小插曲：方鸿渐一行在一家乡下小饭店吃饭，这个饭店的名字叫"欧亚大旅社"。这个插曲与我今天的遭遇实在有异曲同工之妙。

这时，店主一家人都聚在走廊下吃晚饭，我和女儿站在门口上网——屋内信号不好，那个斜眼的女主人吃完饭，抱着一个小女孩过来跟我们打招呼。她怀中的金发小姑娘一见我女儿，就挣扎着下地，光着脚向我女儿扑过来，女主人跟在后面，告诉我："这是我女儿，2岁了。"

我介绍说："我的女儿今年9岁了，这是我们第一次来美国。"

她又问我："你们是从哪里来的？这是准备去哪儿？"其实美国人也挺八卦的。

我说："我们从中国来，我打算去旧金山，路过这儿，很累了，就停下来住一晚。"

她很热情地说："希望你能享受我们的房间。"听了这个话，我觉得传说中美国人都很自信，真是一点都不假。

我忙笑着说："我很喜欢这个房间。"自己都觉得自己这个话讲得好假。

这时，那个金发洋娃娃一个劲儿往我女儿身上扑，张开双臂去抱我女儿，嘴巴已经亲到我女儿胸前的衣服上了。小洋娃娃穿着粉色带点的衣服，虽然还不会讲话，但长得真是非常可爱，只是她的这种美国式热情让我女儿有些招架不住了。

好吧，这家酒店和这对主人及小洋娃娃，的确也算是一个惊喜，给了我从未有过的感受。旅游就是这样，无论什么样的体验，都是一种收获。

只卖给开车的人

住在美国瀑布小镇上,到了晚上10点多,女儿说饿了。住处附近都很荒凉,于是开车带她去镇中心转转,看看能否买到点东西吃。

因为休息好了,就有力气和心情开车了,加上刚才也查过了地图,知道前面还会有人家,所以这一下子就开到了镇中心。原来这个小镇挺漂亮的,虽然我住的地方很破,但若我下午开车再稍稍走远个八公里左右,对这个小镇的看法就会完全改变。

镇中心有片草坪,周边有几家商店和超市,有教堂,有学校,还有镇政府、银行、律所等。再转一下,居然发现了另一家酒店,干净漂亮有情调,有绿色植物环绕着的美丽走廊,有刷成蓝色的栅栏,每个房间门上还挂有漂亮的小饰物,就像每一个角落都精心设计过的民宿一样,个性又舒适,看到的那一瞬间,真有种搬过来住的冲动。

周边的民居也很漂亮,大多是那种独栋的小楼,各有各的精心布置，院子中有竖个秋千架的，有摆放儿童木马的，有设计了漂亮花坛的，最重要的是，整个小镇都特别整洁，连家家户户的台阶，都像是用布擦洗过一样，每走一步，都能看到不同的风景，360度无死角的美。

小镇上的人也很友好，我边看风景边开车，开得比较慢，拐弯时有点迟疑，立刻有辆车子停在我旁边。车窗摇下来，是一个年轻人，我以为他会嫌弃我开得慢挡住了路，没想到他很热心地主动询问我，需不需要帮助。

这时，镇上的购物中心已经打烊了，旁边的食品超市也关门了。这样的小镇似乎是没有什么夜生活的，街上好安静，见不到行人，车子也极少，好在路对面还有一家快餐店亮着招牌。

带着女儿走到窗口，里面只有两个女孩子，我问她们："你好，请问现在还有汉堡吗？"

黑头发的女孩子回答得有些怪："有汉堡，不过你有车吗？"

我觉得奇怪，为什么这么问？

我解释说："我女儿饿了，现在别的店都关门了，所以我们只需要一个汉堡。"

她又说了一大串，又快又多，我听着听着，耳朵就跟不上她的语速了，那些词语在我耳中你推我挤，前面的跌倒，后面的又源源不断地挤了过来，乱成一锅粥。我迷惑地看着她。她发现跟我解释不清，便喊来另一个金发女孩，这个女孩就简洁明了地告诉我："我们只卖给开车的人。"

好吧,虽然不明白原因,但是我相信这个金发女孩并非区别对待,只是规定比较奇怪,于是说:"我有车,一会我开过来买,我需要一个汉堡,谢谢。"

然后我到旁边停车场把车子开过来,这才注意到地面上有箭头指示,按着指示绕店一周,发现店的后面有一个专门点菜的地方,好像是个小话筒,冲着那里喊一声,里面就会有人应答,旁边墙上贴有菜单,按着菜单点好,再把车子开到我刚才去的那个窗口,很快,点好的东西便从窗口打包递出来了。

原来如此,这才是正确的点餐方式。

不过,我对此还是颇有些腹诽的,反正是卖汉堡,没有开车来,难道就不卖给我吗?做生意,需要这么死板吗?

时间胶囊

这个小镇叫作美国瀑布镇,镇中心有片修剪得非常整齐漂亮的草坪,远远望去,就是一大块颜色浓绿的地毯。草坪中间有儿童游戏设施,色彩艳丽,配在一起,就是一幅卡通儿童画。

女儿在草坪上荡秋千,我则在草地上走走转转,草坪上也种了不少的树,几乎走到哪里都有绿荫遮蔽。

草坪每天定时自动浇水,这么平整想必是有人定期打理的吧。草坪的另一边,有一个卫生间,卫生间前面还有一个直饮水台,再过去旁边是两大间有三面墙的房屋,里面放有野餐的桌椅,门前也放了几排野餐桌椅。

来美国几天,我发现经常在公园户外看到这种桌椅,简单朴素却又非常结实耐用,摆在那里,稳稳当当,大多是纯木头做的,有些刷了简单的漆,有些就是原木色。

在不远处,我发现了另外一个建筑,下面是石头砌的基座,约

AMERICAN FALLS
CHAMBER OF COMMERCE
TIME CAPSULE
BURIED AUGUST 23, 1980
TO BE OPENED AUGUST 2030

2米高，上面放了一个车轮，锈迹斑斑，石头上还镌有时间和介绍，原来这是当初第一个来此建镇的人用的马车车轮。

放这么一个东西在这里，有什么意义？是让人们记住这个小镇的历史吗？

转过这个基座，前面有一小块平地，像是下水道的盖子一样，但是盖子上写有字：1980—2030年。这是什么意思？

看下去，明白了，原来这里埋了一个时间胶囊，1980年8月23日埋的，50年后，就是2030年8月启封。

这么一个小小的设计，便可以囊括这个小镇的过去、现在与未来。现在，距离设立这个建筑的时间——1980年，也过去了三四十年了，时间胶囊带来了一种奇异的穿越感，时间仿佛具象化成了一条线，一条肉眼可见的清晰线条。车轮代表着小镇初建时代，不知那第一位主人是来自何方？是一个人还是拖家带口一大群人？是从东部来，还是远渡重洋从旧大陆过来？是来种地的还是来淘金的抑或是放牧的？是早已看中此地，不远万里过来，还是走到这里疲惫了，卸下行李就地休息后，决定不再走了？他第一眼看到的是这里的什么？荒原？山林？他建造的第一栋小木屋是什么样的？他长什么样子？

我眼前仿佛出现了电影中的快进镜头，一片片荒地被开发，一栋栋房子建起来了，一个个人来了又走，在这片土地上忙碌。转眼间孩子长大成人，女人青春耗尽，房子破败后推倒重建，终于，这个小镇有了今日的雏形。

一群人聚在小镇前,为新落成的教堂庆祝狂欢,在镇长的主持下,亲眼见证一个时间胶囊被埋在地下,盖上了盖子。

然后,我这个游客过来,好奇地读了盖子上的文字,我与多年前的那一幕,似乎也扯上了点关系。

以前觉得时间胶囊很神奇,50年的时间跨度,足以令世界完全改变,人们的思想也会有很大改变,这样一件有传承有回忆又是公众参与的活动,对当地人来说,真是一件极有意义、极其隆重的大事。

在我印象中,这么一件重大的事情,只会发生在很大的城市,那里汇集着最先进的技术、最前卫的思想、最天才的大脑和最雄厚的资金。然而,实际上在许多国家、许多城市都有时间胶囊,甚至在一个小学里,都埋着时间胶囊,内容可以各异——对于现在思想的记录,对于未来的种种有趣设想——我慢慢改变了看法:时间胶囊是件很普通的事,并不需要什么先进的技术,只是在对未来的好奇的驱动下,人们所选择的一种方式,它能让现在与未来对话,进而见证时间的力量。

这个时间胶囊开启时,我会在哪里?我会变成什么样?我的小闺蜜又会在哪里?我们俩之间会是怎样的相处状态?那时,假如有可能,我希望我可以回到这个小镇,和镇上的人一起,见证这个胶囊的开启。

为什么不定下这个约定呢?这也是未来的我,对今日的我的一个回答。我很好奇,胶囊中究竟埋了些什么。

重返城市

赶了将近一天的路，很快到达了加州的州界。女儿照例在后座上晒未干的衣服，吃水果、喝冰可乐、吃零食，再应付一下我的问话，偶尔还拿出作业来写一会儿，她已经在车后座打造出一种独属于她的个性生活模式。

前面有一个植物检查站，让我停车接受检查，在美国开了那么多天的车，第一次碰到检查。我懵懵懂懂地停了下来，过来一个官员，讲了一长串的话。我连蒙带猜地听他问我有没有带车厘子、桃子等水果，我也不明白是怎么回事，就把吃剩下的半袋车厘子拿给他看。他接过来看了一下后，说这个不能带进加州。我觉得奇怪，就解释说，这是我在沃尔玛超市买的水果，一路上吃了不少，只剩这些了，为什么不能带过去？他就说了一长串话，应该是在解释原因，我听得一头雾水，就摆摆手，由他处置了。他拿出本子来登记了好半天，才把我放行。

至今搞不明白,他为什么要没收我的水果?

约下午时分,到达旧金山的地界,看到了进入加州后的一个旅游服务中心的指示牌,于是就拐了过去。

这儿是一个小镇,一如之前见过的所有小镇,非常干净漂亮,人也多了起来,那种自由开车的畅快也不见了。我在镇上转悠好半天,找不到停车位,心中暗暗有些不爽起来。

最后,在旅游服务中心找到一个停车位,然后跟女儿进去借用了一下卫生间,出来看了下摆放的明信片,都是当地的风景照,又看了几张旅游广告。这是一个度假型的小镇,周边有树林,山上可以露营、徒步。刚从黄石公园那种粗犷的户外风格中走出来,对此介绍完全无感,于是就接着赶路了。

我们先在市区外面的一个小镇上住了下来,因为我没有提前预订,所以一则怕不好停车,二则怕没有预订找不到房间。毕竟旧金山是个大城市,不像我一路上经过的那些小城镇,到时候没有目标,怎样去找酒店?所以,先把今晚睡觉的地方定下来,才有心情去逛街。

稍事休息后,我们重新开车向市区进发。很快,看到了旧金山的海,还有大桥,不是金门大桥,但也是长长的斜拉索桥,我把导航终点设到渔人码头停车场。

在美国西部的旷野中奔波了两周,见惯了湖光山色,经过了沙漠荒原,又在无边无际的高速公路上长途奔波了两天,途经的不是冷清的小镇,就是一个个服务区,乍然回到城市中,顿觉人怎么这么多，车怎么这么多，到处怎么这么吵闹，外面的色彩怎么这么缤纷杂乱。这才远离城市几天，怎么就有种刘姥姥进大观园的感觉了？

旧金山市区车很多，市内道路高高低低，像山路一样起伏，很是考验车技。

我按导航停到码头旁边的停车场，停车收费每20分钟3美元。怎么要收停车费啊？为什么会收停车费啊？我来美国开车两周多了，还从没付过停车费，便觉得免费停车是天经地义，却忘了，城市中寸土寸金，付费停车才是深入人心的。

停好车后，一直心惊肉跳的，心里边好像放了个计数器，感觉那个数字一直在不停地往上跳，不知道什么时候就会爆炸。游玩起来，也是心不在焉的，并没什么心情逛街买东西，蜻蜓点水般地走了一圈，拍了两张照片，便拉着女儿想快点离开。

城市中都是人工景点，对于我来说，确实没什么吸引力，可对于女儿来说，回归现代文明，重新回到花花绿绿的都市生活中，每一样都很有意思。

女儿流连在巧克力店中，不舍得离开。这家开在主干道边的巧克力店里，目之所及，全是巧克力，做成各种样子，放在一格格的玻璃柜中展示。还有许多的M&M'S豆，像彩虹一样，盛在一个高高的玻璃柱中，五彩缤纷。柱子下方有一个开关，拧一下，就会流出一些彩虹豆，不论好不好吃，对于小孩子来说，都很好玩。女儿被展示柜中看起来很逼真的甲虫和一条长长的蠕虫吸引了，甲虫有着彩色的背甲和纤细的肢体，触角好似会抖动一样，惟妙惟肖；巨

大的蠕虫仿佛镇店之宝，盘踞在店里最大的展示柜中，做得非常精致，简直可以拿来当标本研究了。在我的催促下，女儿再三比较，最终买了两支巧克力做的笔才肯离开。

没想到，没走两步，就是一个面包店，刚到门口，我们就被一股甜香吸引住了，探头一看，正对着店门的展示台上，有一只巨大的螃蟹，竖着摆放，身体两侧各四条腿，头上还举着一对大钳子，看上去张牙舞爪，甚是张扬。女儿的腿不受控制地迈了进去。柜台里除了常规的各种精美西点，最可爱的要数那几只萌萌的小熊，脖子上还系着蝴蝶结，烤得焦黄灿烂，躺在托盘里，仿佛在对我们招手说：快来吃啊！那一刻，我真想坐下来慢慢吃个下午茶，但是不行，想到每一分钟都在计费，还是美元，就什么胃口也没了。

最后，我们体验了一把坐在广场上喂海鸥，很多海鸥在广场上、人行道上大摇大摆地走着，地上有不少白色的鸟粪，也有人扔的面包，大多是渔人码头最出名的小吃——一种盛在面包中的浓汤，人们用勺子把里面的汤喝光，剩下的碗状面包便成了海鸥们的美餐。

当然，要逛市区景点，最好不要开车，坐公交和观光大巴，还有地铁都可以，这边的公共交通在美国算是很发达的，可以很方便地慢慢逛，又可以随时停下来欣赏市容，感受不同的人文风情。最重要的是，不用担心停车费的问题，心无挂碍，才能欣赏到城市的美，不说了，我要快点去开车了。

斯坦福大学的故事

参观完九曲花街，大方向就是往南开，沿着著名的加州一号公路，驶往洛杉矶。

时间已近中午，我们去了南湾的一个悬崖小屋，吃了一顿海鲜大餐。又开了一会儿，天色渐暗，原计划的行程已经不可能完成了。于是，在重新查看地图时，发现附近正好是斯坦福大学，想着不如先去参观一下这所著名高校，晚上就住在这附近好了。

关于斯坦福大学的来历，网上一直有个颇为传奇的故事。

有一对夫妇找到哈佛大学，说他们的儿子生前很喜欢哈佛大学，如今他们想为哈佛大学捐一栋大楼以纪念儿子。哈佛大学的校长看了看这对穿着很普通的老夫妇，用很傲慢语气说：捐一栋楼要一百万美金。这对老夫妇当然听出了校长语气中的意思，于是妻子对丈夫说：才一百万美金，既然如此，我们何不自己建所大学呢？于是便有了今天的斯坦福大学。

这个故事之所以能广为流传，其实是迎合了某些人的心理，但实际上，它是个彻头彻尾的谎言，以至于斯坦福大学不得不在自己的网站上辟谣。

关于斯坦福大学真实的故事是这样的：老斯坦福夫妇把他们唯一的孩子，小里兰德·斯坦福（Leland Stanford Jr.）送到欧洲旅行，里兰德在欧洲不幸去世。斯坦福夫妇很伤心，于是决定用自己全部的财富，大约几千万美元，相当于今天的十亿美元，为全加州的孩子建立一所大学，以纪念他们心爱的儿子。

1885年斯坦福大学注册成立，两年后举行了奠基仪式，1891年正式招收学生，当年共招到了五百名左右的学生，全校当时只有十五名教授，其中一半来自康奈尔大学。斯坦福大学的创办过程非常不顺利，开课两年后，老斯坦福与世长辞了，经营和管理大学的任务就落到了他的遗孀简·斯坦福的身上。当时整个美国经济情况不好，斯坦福夫妇的财产被冻结了，当时的校长大卫·斯塔尔·乔丹（David Starr Jordan）和学校其他顾问建议简关掉斯坦福大学，至少等危机过去再说。

这时，简想到她丈夫生前买了一笔人寿保险，她每年可以从中获得一万美元的年金。简立即开始省吃俭用，将每年剩余的近万美元全部交给了校长乔丹用于维持学校的运转。

靠这点钱毕竟不能使学校长期运转下去，简亲自动身去了华盛顿，向当时的美国总统克利夫兰寻求帮助。

最终，美国最高法院解冻了斯坦福夫妇在他们铁路公司的资产，斯坦福夫人当即将这些资产卖掉，将全部的一千一百万美元交给了学校的董事会。这才使斯坦福大学度过了早期最艰难的六年。

对于这段经历，校长乔丹赞扬道："这一时期，整个学校的命运完全靠一个善良妇女的爱心来维系。"斯坦福夫人用她的爱心和坚韧不拔的毅力，开创了一所改变世界的大学。

读完了这个故事，我们也一路顺利地来到了斯坦福大学。

学校没有大门，我也不知道什么时候进入了校区，直开到目的地附近，找地方停好车，看到旁边有校园的地图，便过去看了一下。好详细的地图，每一栋楼都标着名字，画着密密麻麻的建筑群，还有曲折的羊肠小道。我看前面有块绿地，应该是开放的，想必风景也不错，那就往绿地方向随意走走看看。

校园内没什么人，偶尔碰到一两个玩滑板车的大学生。到处都很安静，绿化极好，一栋栋楼房，都是三四层的样子，外表看上去很低调朴实，且有些年头了。一路走来，居然还碰到一家中国人，像是夫妻俩和一两个亲戚带着一个十六七岁的男孩子，边走边聊天，他们高谈阔论着，让我很容易听到他们讲话的内容，原来他们想送孩子出国留学，趁假期来学校实地考察一下。

我陪着女儿边走边拍照，女儿兴致不高，但也还算配合。

海滩，海滩，海滩

今天正式开始了自驾人必走的公路——加州一号公路，这条公路连接着旧金山与洛杉矶，沿着美国的西海岸蜿蜒前进，全长超过一千公里。我一大早就先设好了GPS定位器，将终点设定在洛杉矶，然后将著名景点设为途经点。

前面是十几公里的无敌海景，体验到的多是"惊涛拍岸，卷起千堆雪"的意境，悬崖峭壁，犹如"犬牙差互"，极目远眺，仿佛上帝的手在这里轻轻一划，使海天交界处呈现出一道优美的弧形，一条完美的曲线。

接下来的两天行程，只记得路过无数个海滩，只要前面人、车都多起来，就说明快到一个优质海滩了。

这边的海滩，让人感觉，就是单纯的海滩，就是大自然原始的样貌，情侣、父母、孩子来到海滩，就是单纯地享受大自然，没有马达轰鸣的摩托艇，没有彩色艳丽的充气城堡，没有一排排商店在卖零食、饮料、玩具,没有花哨粗糙的人工建筑。海滩就是海滩,大自然造出来它是什么样,它就是什么样,该有的贝壳、海鸥、鱼虾等,它一样不缺,简单质朴。

需要的东西如躺椅、毛巾、遮阳伞什么的,都得自带,中午在那里野餐,食物也是自带的,吃完需要自己收拾干净。人气较旺的海滩,自然也会有商店,但商店绝不会建在海滩上,而是会离开海滩一段距离,自成一个体系,因为再漂亮的人工建筑在大自然的美景面前,都会输得一塌糊涂。

这样的分隔,让愿意享受海滩的人可以安安静静不受打扰地躺着,或是晒太阳、看书、跑步,或是聚一群朋友玩沙滩排球等;沿海滩的公路边,常会开辟一条自行车道,让喜欢骑行或徒步的人也能找到自己的乐趣。不同的海水情况,适宜不同的运动,有的海适合玩滑翔伞,有的海就适合玩冲浪。适宜玩什么运动,就会聚着一群喜欢这种运动的人,绝不会看到玩冲浪和滑翔伞的人在同一片海域抢地盘。

我最喜欢看在海上运动着的人。在玩滑翔伞的海滩,远远看去,天空中飞着一双双弧形的翅膀,像是一只只翱翔于天际的彩色雄鹰;而在玩冲浪的海滩上,那些夹杂在大浪中起伏出没着的人,则像是愉悦戏水的海豚。人与自然,融合得那么浑然一体。可惜这两样运动我都不会,无法体会那种借着大浪冲向天空的感觉,只能露出艳羡的目光了。

这一路,也有许多被世界遗忘的小海滩,没什么人,就是大海

边的一小块空地，白色的或是黑色的沙子，静静地躺在那里，反射着太阳的光，接受着海水的洗礼，像一个小巧的避风港湾，让人忍不住想亲近一番。

这个世界上，很多美丽的风景，常常就在这些不知名的转角处。

我常常开着开着车，被右手边的海景吸引，便在附近的停车场停下，站在悬崖边的石头上，临海而立，感受着风吹发鬓、牵动衣角，海鸥飞来飞去，人与动物和谐分享这片天地的感觉；或是沿海边小径走入半山腰，坐在灌木丛中的椅子上，发上几分钟的呆，这时，我会感觉，生活中的忙忙碌碌，所有的快乐悲伤，都不及这几分钟的发呆更有意义。

最令我感动的是，当我以为天地间只剩下我和女儿，在这片荒地中穿行时，蓦然发觉，前面的山坡上有一对老夫妇，肩并肩地坐在椅子上，静静地看着这片太平洋，海风吹起他们花白的头发，轻抚着他们微驼的肩背，那一刻，这对背影便足以让我落泪。

我喊住女儿，悄悄地转身回去。

又是一处不知名的海景，停车场上有辆房车，旁边是一家人，每人一把椅子，面对大海，一大家子就那么静静地坐着，喝着啤酒，吹着海风，晒着太阳，看远处的海鸥盘旋，看近处的海浪拍在石上，碎出万点飞花——他们已经把家搬到了心目中的天堂。

远方的海水是湛蓝的，近处的浅滩是碧绿的，天空是明亮的，岩石是冷峻的，陌生人之间是微笑的，女儿的神情是慵懒的，我的心是宁静的。

象海豹的栖息地

今天继续在加州一号公路上行走。

前面人、车渐渐地多起来了,我正疑惑着这是什么景点,就看见前面海滩上好像有什么东西,黑乎乎的一大片,在阳光、海水、沙滩的映衬下,特别显眼。那些东西占据了好长一片海岸线,而且似乎会蠕动。

近了近了,谜底终于揭开了,原来,我们已经到了传说中著名的象海豹栖息地。

以前在网上看到过这片地方的介绍,仅是看照片,都有一种很震撼的感觉。胖胖的象海豹们挤在一起,一个挨一个,数量惊人,霸占着海滩,像一团团黑色的肥肉,泛着油光,甚至能感觉到那颤巍巍、晃悠悠的质感,在加州灿烂的阳光下,肆无忌惮地曝晒着。

如今,这个场景就这样猝不及防地闯入了我的视线,甚至颇有几分喜感。

我继续向前开了一段路，来到停车场，拐进去，停好车，沿着长长的通道走下去，近距离欣赏象海豹们的惬意生活。

约一两公里的海滩，几乎全被象海豹们占领了，它们摆出各种姿态晒着太阳。这一片是集体晒，有晒肚皮的，有晒背的，有把脚跷在妈妈肚皮上晒的，有把脑袋拱入沙地中晒的；那一片是私家领地，一对情侣正在晒，旁边是海鸟歇脚地，有两只误入的象海豹自顾自地晒，不管周围是不是同类，自己掀起的沙子会不会误伤海鸟，好半天翻一下身，惊起海鸟数只。

路边时不时跳出一两只小松鼠，在地上捡了什么东西，停下来捧着啃两口，再跳走。它们灵动的身影，相比半天不动的懒洋洋的象海豹，更容易吸引我女儿的注意力，使她不由自主地跟拍好久。

沿海边修的通道外侧，有一个不到一米高的护栏，人们都规规矩矩地在护栏内欣赏，人群与象海豹群就这样各自遥望，相安无事。

再回到停车场，那儿有介绍象海豹生活习性的图板，我一张一张地读过来，解释给女儿听。

原来它们的名字叫象海豹（Elephant Seal），大部分时间生活在海里，在每年固定的时间，来到这片海滩、交配、产子、喂崽、休息。另一张图板介绍了它们在海滩上的不同行为代表什么意思，除睡觉外，什么动作代表嬉戏、发情，往身上泼沙子是在表达什么等。再下一张图板介绍雄象海豹如何竞争，雌象海豹几月份产崽、蜕皮等，科普图画得简单易懂，同时配有一个时间表，让一个从不了解象海豹的人，也能对这种动物有个清晰直观的印象。

不提前订房的教训

在美国十几天,虽说时差已经调得差不多了,但每天下午两三点钟,仍然是开车最困、最难熬的时间段。我也积累了许多应对之策——早上从酒店走时装上一大杯咖啡,在休息区用冷水洗把脸——但这些只是对抗困意,而非真正的解决之法。

解决犯困的最好办法,当然就是睡觉了。

想明白了之后,就在每天下午,把车停在路边有树荫的停车处,将车窗摇开一点,把女儿赶去前座看平板电脑,我去后座睡一会。就像平常在家睡午觉一样,只要半小时,而且也不一定能睡着,但效果奇佳,起来后精神倍增。

这天下午就是,我在充电后精力充沛,一路上看着无敌海景,不知不觉就到了下午6点左右,这时正好路过一个小镇,看见公路边有汽车旅馆,就停车去问了。

在这里说明一下我这十几天的住宿,刚开始当然是提前订两天的住处；后来几天，也会规划一下第二天的行程，估计自己要到哪里去住，预订下第二天晚上的酒店；后来在黄石公园东门及东北门外，发现无须预订也能找到空房，而且比起网上预订，临时找房更能随机应变，不必担心距离上的误判；再后来，从黄石开往旧金山的路上，更加随心所欲了，开得累了，便找个小镇入口下了高速，很容易就能在镇上找到住处。这些经验便给了我一个错觉，以为美国地广人稀，酒店旅馆一向都住不满。

虽然昨天也吃了些临时找房的苦头，但我还在坚信那是个意外，因为是大学周边，所以才会客满，今天是住一个非景点的小镇，应该会像前些天一样，随便就能找到住处的。

谁知，连问三家，居然都客满。

这个镇不知叫什么名字，不过应该距卡梅尔小镇很近，这个小镇也极漂亮，一栋栋小洋房，门前、屋后、窗台、树下，都是盛开着的鲜花，估计现在也是旅游旺季，所以游客很多，再加上是周末，房间更加紧张。

我开始意识到，我对于美西的小镇有点误判了。美西小镇，尤其是这个著名的加州一号公路边的小镇，个个都是散落人间的明珠，是环境设施一流的度假胜地，没有提前预订，根本不要指望能临时找到落脚点，甚至连房车营地、帐篷营地，都需要提前订位。

失败了几次后，我决定离开一号公路，去周边小镇问问。

因为是临时决定，便凭着感觉开了。就这样"狼奔豕突"地转了两个多小时，天色渐渐暗下来了，连问几家全是客满，依然没有找到房。我那个心急啊，也完全失去了方向感。

天色愈加暗沉了，路灯已经亮起，这时，连后座的小闺蜜都感觉出我的慌乱了，问道："老妈，我们今晚到底住哪儿啊？"

我叹了口气，一本正经地对着后视镜说："小丫头，今晚你要做好在车里睡觉的心理准备了。"

女儿反正对我这种娘早已见怪不怪了，撇了一下嘴，狠狠地吸了一口冰可乐，发出咕噜噜的声音，算是对我的回复。

我反正也不累，继续向前开吧，心里已经想着改变目标了，要去找一个露营地，晚上就停在露营地里过夜了。

古人说得好有道理，什么叫作"山重水复疑无路，柳暗花明又一村"。我已经放弃找房的希望，从高速上拐下来，想去加满油，为继续前行做准备，谁知刚一下路口，等红绿灯时，赫然发现前面有一个汽车旅馆的牌子，上面显示还有空房。

这份意外惊喜可不小，我忙开过去，激动得手忙脚乱，以至于错过了酒店停车场的入口，干脆停在了旁边商店的停车位上，自己下车跑步，第一时间冲向酒店的前台。

我气喘吁吁地问："请问还有房吗？"

老板娘是个五十多岁的胖妇人，当她平静地微笑着说"有的"时，我激动得隔着柜台都想抱一抱她，我有些语无伦次地解释："这间房，我要的，我没带护照，你稍等我一下，我回车里取，刚才比较急，我的车子停在了隔壁停车场，我很快就取回来，房间一定要给我留住啊，千万千万留住，谢谢，谢谢，非常感谢，我跑了几百公里才找到你的宾馆,一定一定要留给我啊!"

说完,转身跑回车里去取证件,女儿正在后座上看平板电脑,看我奔过来,淡定地问了一句:"有房吗?"

"有的有的,太好了,今晚不用睡车里了。"

来不及跟她啰唆,我转身就飞奔回去,这时远远地看到一对情侣正往前台方向走去,我连忙紧跑两步,赶在了他们前面进店,这时才发现店门口灯箱牌上的字已变成"满房"了。

原来我抢到的是最后一间房了,那一刻,我几乎要跪谢苍天了。

为了这唯一的一间房,我付出了199美元,还没含税,而这不过是一个汽车旅馆啊,但我无怨无悔。

有了落脚处,这才开心地出去加油、吃饭,也才有心情打量这个小镇,这时,整个人的心态完全不同了。虽然又是一份汉堡薯条,却有心情细嚼慢咽了,甚至还多要了一份刚烤出来的饼干。

这个小镇叫圣克鲁斯,查了一下地图,发现今天并没开多远,尤其是下午,根本就是在这附近的几个小镇打转。

有了这两天临时找房的痛苦经历,所以这天住下的第一件事,就是粗略估算了一下第二天的行程,然后把第二天的住处订了下来。

当我知道第二天会有个落脚处后,心里特别踏实,特别有安全感。

安全感就是最深刻的幸福了!

超慈爱的老夫妇

因为昨天在路过的几个小镇上,忍不住购物了,我身上的现金锐减。虽然我还带了信用卡,虽然卡的限额很充足,但是我自己的消费观比较保守,也担心刷卡消费不像现金交易,一张一张的钞票付出去,心中总是有个大概的数,刷卡根本没有概念,为了避免收到账单时心痛,还是保守点好。

所以,我在洛杉矶的星光大道上只能告诉女儿,还要再撑几天才能回国,尽量省着点花吧,东西就不要买了。结果女儿意兴阑珊的,逛逛就要回去了。

那就回去吧。出来逛了挺久,审美疲劳也是有的,索性收拾行李,直接奔往今晚的住宿点——阿纳海姆市。

大约两小时就到了,这又是一个很安静的城市,路上几乎没有什么人,偶尔碰到的路人都是深肤色的,看上去像中美洲人。

我在订房间时看过评价,说这家店的店主来自中国台湾,是特友善的一对老人，好评100%，而且绝大部分点评是中文。

小旅馆就在路边，没有大门，简简单单地立了个牌子，稍不注意就会错过。车子开进院子，停好。这是一个L形的两层楼，楼梯在户外，另一个短边是几间平房，是酒店前台及店主家人们的住处。

前台坐着一位笑眯眯的老奶奶，花白的短发，淡蓝色的衬衣，显得清清爽爽。我习惯性地用英语打了个招呼，看着她像邻家阿婆一样的面孔，又很自然地换成了中文。

女儿做了十几天的小哑巴，此刻知道可以和我以外的人说中文了，立刻变身话痨。我在办理入住手续，她则在旁边跟这位慈爱的奶奶絮絮叨叨地把我们那一点点家底全倒了出来。

"奶奶好，我们是从广州来的。"

"广州好地方啊，你几岁了？"

"我9岁了，我的英文名字叫Diana，我们今天上午去了星光大道，我和妈妈都和雷神合了影。"

"真厉害，给你竖大拇指！星光大道好玩吗？在那里有没有和你最喜欢的明星签名合影啊？"

"有啊，我拍了好多张照片，我还看到了那个演上帝的人（女儿说的是摩根·弗里曼的蜡像）。还有啊，那里还有个台阶，踩上去，像弹钢琴一样，不同的台阶能发出不同的声音。"

"美国好玩吗？第几次来啊？"

"我们是第一次来，美国太好玩了，我最喜欢的是美国餐馆里的饮料可以随便喝，想喝多少喝多少，而且还有免费的冰块哦。"

我在旁边听了，真是汗颜，你就这么点出息啊？

聊天之中，老奶奶已经给我办好了手续。

这时候，老先生从里屋出来，笑眯眯地带我们去房间。我们跟老奶奶说了再见，正要走，她又喊住了我的女儿，然后递给女儿几根香蕉，我忙跟她道谢，她开心地笑了，笑容中，居然有种少女的清纯。

虽然只是小小的东西，但真是让人心中暖暖的。

老先生高高大大的，背稍稍有些前倾，穿了件蓝白的竖条纹衬衣，蓝灰色西裤，头发几乎全白了，但身子却很硬朗的，戴一副茶色的眼镜，看上去更像一位学者。

他边走边给我们介绍自己，他的老家在台中的彰化县，儿子和媳妇在美国，所以就跟了过来，也已经有十几年了。他讲起话来，不徐不疾，语音柔和，带有一点点台湾腔，听上去很舒服。

他推开门，让我们进去，房间很大，他细心地给我们介绍冰箱中有什么东西、热水器怎么用、吹风机在哪里、空调遥控在哪里等，感觉不像是住酒店，更像是到了一位长辈的家中做客。

老先生离开后，我们也玩不动了，虽然还有半天的时间，但什么活动也没安排，先睡个午觉吧。

起来已经4点多了。

这是个极安静的城市，安静到荒凉，路上见不到行人，连车也很少。这里似乎是个以墨西哥人为主要居民的城市，就连对面的食品超市中，卖的也都是墨西哥塔可，以及许多不认识但在我看来很怪异的食品。

加州迪士尼乐园就在这个城市，因此来这里的人，一般都是暂住去迪士尼玩的，市里没有什么工厂、公司，倒是有一个小的游乐园和一个小公园。游乐园是收费的，我们就去小公园里走走，这里也是纯天然的样子。

无聊地转了一圈回来了，正碰上那位老先生，他换了一身工装，正在修理一个房间的门锁。看来，这家有着二十来间客房的小店，就靠他们老两口来打理。美国人工特别贵，他们除了请一个清洁女工打扫客房卫生外就没有别人了，因此这些简单的修修补补的工作，都由老先生兼做。

不知老两口以前是做什么工作的，但这么大年纪，背井离乡地来到他国，还能重起炉灶，自食其力，扎根异乡，融入社会，而且活得这么开朗，待人这么慈爱，真让人肃然起敬！

我看到后院还有一个游泳池，门却锁着，就问老先生，为什么不开放。

老先生笑着慢悠悠地解释，开了游泳池就要请安全员，还要操心许多事，什么水质要经常检测、救生设备要配齐、残疾人的便利设施也要有等，精力实在顾不过来。

这时，老奶奶在楼下向我们招手，女儿一见，便跑了过去。

老奶奶笑眯眯地拿出了一张迪士尼的中文地图给我们，说："这是儿子和媳妇带小孙子过去玩，带回来的地图，你们明天要过去玩，就送给你们了。"

好意外的惊喜，女儿已经道了谢，接了过去，打开来看了。

我忙说："谢谢您！你们有没有去过迪士尼啊？"

老奶奶说："我们没去过，小孙子去过几次了，小朋友都特别喜欢去那里玩的，你喜不喜欢啊？"最后一句，她转向了女儿。

女儿重重地点着头，说："喜欢，我妈妈还给我买了一套艾莎的公主裙呢。"

老奶奶一听，又竖起了大拇指，说："你们真是内行，知道怎么玩，我那小孙子就是，每次去都要配上专门的衣服，打扮成动画片里的人物呢。"

女儿每次跟这位老奶奶聊起天来，总是舍不得走。

第二天晚上，从迪士尼回来，已经快12点了，老两口房间的灯仍然亮着，他们听见我们回来的声音，专门打开窗子，跟我们道了一声晚安，并夸赞女儿的衣服好漂亮。

第三天上午，我们要走了，去退还钥匙，跟老人道别时，老奶奶又拿出了一盒巧克力送给女儿，我翻遍背包也没能找出一样可以送老人的东西，不由得心中有些歉疚了——出门在外，只带了最必要的行李——只好举起相机，对女儿说："快去和爷爷奶奶合个影。"于是便留下了一张永远的纪念照。随后又要了老人的邮箱，一回国，我便把照片发给了老人。

我们上了车，挥手与两位老人道别。老两口儿一起站在门前送我们，说："下次再来美国，再来迪士尼，记得过来住哦。"

短短的两天住宿，竟然让我有了几分不舍。

在两位老人的身上，我看到了中华传统文化的深厚烙印：三代同堂而居，长辈含饴弄孙，勤劳朴实，尽全力托举下一代，同时待人儒雅谦让，礼貌周全。

他们的面容中，有时间的刻印，却无俗世的浮华；有往昔的辛劳，却无积年的怨怼；有东方的内敛，还有西方的跳脱，像是阅尽了人世沧桑后，与世界和解。

就这样平平淡淡地老去，原来也是这样美好！

迪士尼乐园之坎坷入园路

我们早上起来，9点多出发，不到十分钟，就到了加州迪士尼乐园，这是美国第一个迪士尼乐园。

我是在国内提前订好票的，其实完全没必要，订票也没有折扣，和现场买是一样的价格，反倒因为我提前付款，打印了电子票，而手机上不了网，电子票的二维码我又没有提前点开，结果造成了很大麻烦。

先是停车时，我把打印好的停车票拿出来，那个黑黑胖胖的工作人员说，这个票她那里扫描不了，问我有没有电子票的二维码。

我说没有。

她就叽里呱啦讲了好长一串，连标点符号都没加，听上去很像影视片中那些饶舌的黑人歌手一样。

我本就听不大懂，再加上着急，更是一句也听不明白，瞪着她不断翕动的厚嘴唇，感觉云里雾里。

但是我理解，这个停车票肯定不行，否则她也不必费力讲这么一堆话了。于是我索性忽略掉她刚才的演讲，直接问：我该怎么办？同时我心里也做好了最坏的打算，大不了再付一次停车费，一共也就17美元，100多一点人民币，损失还是可承受的。

没想到，她又来了好长一大串话，告诉我要怎么做，我仍是一句不懂。

我停顿了半秒钟，心中想法电光石火地乱闪，快速地思考对策，然后甩甩头，甩去了一脸迷惑的表情，换成笑脸问：我该怎么办，现在？

她说：现金。

这句话我听明白了，我们俩的频道终于接上了，只有这样简洁有力的交流才有用，说那么一大堆干什么？

我立刻拿出现金来，交了停车费，她给了我一张单子，又蹦出了几句话，但神奇的是，此刻我的听力似乎也接通了，我居然抓住了她话语中几个重要的单词：保存好它，可以退钱。

我推测出了大概意思，她一定是在告诉我：拿好收据，离开时把收据和我打印的停车票一起拿出来，就可以作为凭证来退钱了。

折腾了十来分钟，终于进入了停车场。

这时才发现，被我这一番耽误，后面堵起了一长串的车，但是没有一个人按过喇叭催促，没有一个人表示过不耐烦，包括停车处的这个工作人员，虽然不明白她讲了些什么，但是能感觉出她从头到尾都很耐心地努力地给我解释。虽然开局便遇挫折，但温暖耐心的服务，熨平了我的烦躁不安。

停车场中车虽然很多，但一切井井有条，有工作人员指引，车子按顺序一个接一个地排列整齐，一个区一个区地依次停放，巨大的停车场，光走出来就花了十分钟。

这里作为美国第一家迪士尼乐园，建园已经有六十多年了，这么多年的发展，几乎将乐园周边打造成了一个迪士尼镇，镇上有乐高玩具店，有各种咖啡馆、快餐店、纪念品店、酒店。

我拿着打印好的门票，茫茫然不知道去哪里验证入园，只感觉眼前眼花缭乱，人多，店多，而且那些店都装饰得很有童趣，女儿边走边看，时不时停下来玩一下，我一时也摸不到大门在哪里，只能顺着人流往前走了。

走着走着，就见到旁边有人在排队，而且要检查包，于是我想，莫非这里就是乐园的入口？看着队伍反正也不长，便拉着女儿也过去排队了。到我们了才发现，里面是坐小火车的，车轨建在乐园的上方，可以环绕整个游乐场。

我再次拿出那几张门票，工作人员又问我有没有二维码，我心中一沉，只能回答：没有。

她叫来了另一个工作人员，又讲了一大串话，应该是在介绍我的情况，我听不明白怎么回事，只能很担心地站在那里等。

我满怀期待地等了又等，最后等来了一句话："I am sorry!"那一刻我简直如坠冰窖，难道花了那么多钱买的票不能用？我该怎么办？

就在我快要绝望时,她又跟我说:"往前走,在前面入口处,那里的人们能帮助你。"说完,她还安慰我:"不会太远,走7分钟就到了。"

到处都是人,入口又在哪里?

她看出了我的困境,便给我画了一张图,告诉我:"看到绿色的房子,房顶是这个样的,就是那儿了。"

我道了谢后,无奈地又拉着女儿往前走,人越发地多了,甚至开始拥挤了。走啊走,一直没见到她画的那种房子,而是见到了许多排成长龙的队伍。

估计这儿是入口处了,看着那长长的队伍,因为不确定是不是,我没敢排,万一再不对,这时间可浪费不起,于是向旁边一个穿制服的工作人员问路,对方告诉我,就在前面,是在这儿排队。

好吧,排队吧,但心中一直提心吊胆的,已经被刚才的两次打击给吓到了,生怕这次排了长队再进不了。

好在队伍虽长,效率却很高,很快检查完包,进到里面,终于看到了售票处的房子,和我手中画的一样,这时我心中稍稍有了一点底。

在售票处排队,这时又有工作人员来询问情况,我再次把手中的打印票给她看,并跟她说:"前面都换不了票,这边可不可以换?"

她照例又是一长串的话,就在我几乎崩溃的时候,听到她以"Right place"结尾,这两个词我听明白了,找对地方了。太好了,心稍稍安!

售票处像个蜂巢，有好几个六边形的建筑，每一个边都有一个窗子，每个窗子后面都坐了一位售票员。

终于到我了，售票员是个老人，估计得有70岁了。我心中嘀咕：这么大年纪还工作？

老人手都有些颤抖了，眼睛也有些花了，不过人非常和善，他照例问我要手机上的二维码，我拿出手机给他看，告诉他我现在上不了网，邮件打不开，然后问这儿能否帮我换票。

谢天谢地，他终于没有说"sorry"了，我当时紧张到心都快蹦出来了，听到他确认"yes"时，不由得欢呼了一下。

他请我稍等，然后喊来一个年轻人，可能是确认一下，接着就把我打印纸上的号码输了进去，过了一会，告诉我好了。然后他又主动问我停车费的事，我急忙把刚才那张停车收据拿给他，那个年轻人看了一下，又敲了几下键盘，然后就把停车票及钱退给我了。

这回轮到我有些目瞪口呆了：这样容易就退了？我一直以为要离开时才能退呢，这个迪士尼的管理真是高效啊！

那个年轻人走了后，剩下那个年纪大的工作人员忙乎起来了，他最后给了我两张门卡，又讲了一大段话，这次我心情不紧张了，一下子就听明白了。

他是解释给我听，里面有两个园区，一个是迪士尼乐园，一个是加州冒险乐园，我只能选择一个园区玩，中间如果要出园，需要带好卡，然后出口处会给我盖个章，再进去时，只要带上卡、章和一个"Big smile"就可以了。他边说，边用双手画了一个大大的弧形，表示"Big smile"的嘴形。

这个"Big smile"一下子逗笑了我,我立刻意识到,自己表情太紧张了。

接过票,为了弥补刚才自己太过于紧张严肃可能令人不舒服的表情,我不仅给他一个大大的微笑,还喊来女儿,附送了小丫头的一个纯真的笑。

迪士尼乐园之敬业的人

经历了重重艰辛，仿佛闯过了九九八十一难，终于拿到了入园的门票，聚集于我头顶的层层乌云终于散去，期待憧憬很久的梦想终于要实现了。

所以，站在迪士尼乐园与加州冒险乐园之间，女儿如果有半秒钟的犹豫，那都是对童年的不尊重，我们直奔左手边的迪士尼乐园。

园区太大，刚进去，真像是刘姥姥进了大观园，晕头转向的，也不知道从哪里开始玩，也不知道怎么玩。手中虽然有店主老夫妇送我们的一份中文地图，还是一头雾水，看着花花绿绿的游戏名，有些眼花缭乱了，只觉得个个都好玩，玩了这个，又怕错过那个的精彩，晕头晕脑地站在入园不远处的主干道上，半天理不出个头绪来。

恰好此刻，前方传来了"冰雪奇缘"的主题曲，且越来越近。原来是一个盛装的乐队正在主干道上巡回演奏，女儿等不及我埋头研究出结果，就先跑过去听，并跟着乐队走。

女儿对"冰雪奇缘"的喜欢，简直无以复加。今天很早，她就兴奋地爬起来，换上前些天刚买的艾莎公主裙，淡蓝色长裙上面，用银丝织着细细的花纹，飘逸的披肩，随着她的跑动，不停地飞来飞去，她还让我帮她编了一个艾莎同款的麻花辫，赫然一个中西合璧的冰雪女王。

一旦开始游玩，接下来的项目也就依次进行了，一天下来，基本哪里排队的人少，就去玩哪个项目。

唯一特地选择的项目是一场"冰雪奇缘"的话剧。

事先领好票，票上有时间，到时间就提前过来等。

节目要开场了，女儿居然很熟门熟路地跑到最前排席地而坐，舞台前专门留出了好大一片空地，都是给小孩子们的。这儿已经聚集了很多小孩子，女孩子们仿佛各种肤色的迪士尼公主，男孩子们则化身为超人、蜘蛛侠等，这是用超级英雄来砸场子的吗？我看到女儿在跟一个拉美裔的胖乎乎的白雪公主聊天，有一个小男孩等得无聊，把脸贴在了前面的台阶上。孩子们的世界，真是无国界的，也无语言限制。

节目表演过程中会有很多互动，小朋友们都特别投入和配合。台上演员问一句话，小朋友们在下面会一起大声地回答；演员说，跟我一起唱，于是，台下就来了一个小合唱团。

我坐在后排看，虽然是英文对白，女儿也能看得津津有味，这才是真爱。

一场表演40分钟，看下来，真是很佩服演员们的敬业精神，他们从早到晚要演十场左右，场间并不去后台休息，而是在外面陪小朋友照相，始终情绪饱满，热情有加，笑容灿烂；如此高强度地反复表演，却在每一场，都能感觉到他们充满激情，从头到尾，连蹦带跳还带唱，没有丝毫疲惫应付的感觉，真心不容易。

女儿说，她坐得近，可以看到演员头上都是汗。

也许，唯有发自内心地热爱这份工作，才可以做到吧。

晚上撤场时，已经10点了，里面扮成各种卡通形象的工作人员，已经忙了一天，可是在送我们这最后一批顾客离开时，脸上仍然挂着真诚的笑，是一个"Big smile"；我陪着女儿到现在，已经累得没有表情了，而他们，一天下来，又蹦又跳又唱，在超强体力工作后，可能回去休息不到 8 小时，明天一大早又要来到这儿，周而复始地重复着今天的每一个工作流程。

创造出迪士尼王国的人固然伟大，但日复一日以笑容和体力来迎客的这些普通工作人员，也同样伟大。

顺利还车

转眼间,假期接近了尾声,我也基本完成了所有行程,准备离开了。

还车的前一夜,就像小时候要去春游一样,心中有事就睡不着。不过,小时候是兴奋,现在则是担心。我是一个容易忧思过度的人。那晚,我们住在加州西南端的圣迭戈市,女儿在旁边早已熟睡,我则像到美国的第一夜一样,在辗转反侧中瞪着眼睛看着窗外一点点泛白。

我一直担心天亮后能否及时赶到租车点,还车方不方便,流程麻不麻烦,我能不能顺利找到还车的部门,我的英语水平在交流中够不够用,车子会不会有什么损失扣费,这三周有没有违章记录,尤其是我车子曾被擦碰过,到时还车会不会让我赔钱或是补交什么费用等。

这中间如果任何一个环节出了问题,耽误了晚上的飞机,我哭都来不及。

还有，还了车之后，我该怎么去机场？美国人人都有车，公共交通很不发达，有没有机场大巴啊？没有的话，是不是要坐出租车？似乎美国出租车业务也很薄弱，这么十几天，除了在旧金山这样的大城市中心看到过有出租车，别的地方似乎都没见到过，是不是需要提前打电话预订？我的手机又没信号，如何叫车？要买电话卡？可不可以借租车公司里的电话？最担心的是，自己一紧张，理解力下降，听不懂怎么办？

这一夜，这些担忧轮番上场骚扰我。

早上起来后，简单吃点东西，就收拾行李赶路了，我留出了充足的时间，就怕路上堵车。

一路上很顺利，赶在中午时分，到达了租车点，回到了十几天前的那个地方。我没有急着过去还车，而是先去了两条街区外吃了午饭——当然又是汉堡，然后再去隔壁的加油站加满了油，这才赶到了车行。一进门就发现，昨晚一切的担忧都是杞人忧天。

车子开进大门，就看到很清楚的指示牌：还车处。地上还贴着大大的箭头。

开过去就是一个巨大的停车场，有工作人员见了我就招手，示意我把车子开过去。我开过去后，一个工作人员立刻过来，按步骤一个个查验过来，训练有素，动作干脆利落，边查还边记录。

我只用和女儿一起，把行李一样一样取下车，别的什么都不用问。

等我们搞完了,他们也查验完了,那个验车人指着我车子上的那个手指长的刮痕,问我怎么回事,我一下子紧张了起来,说:这是在停车场转弯时蹭到了墙上。一边说一边在心里猜测他会怎么处理,要赔修理费吗?

没想到他看出了我的紧张,反倒微笑着安慰我说:"没关系,有保险的。"然后拿出一张单子,让我写清楚是在停车场被刮就可以了。我的车子买了全险,很省心,所有问题都可以交给他们来处理。

填好后,他告诉我,都办好了,可以走了,要去机场吧,往那边走,公司有机场大巴送顾客。

我看了一下时间,前后总共也就用了5分钟。

我顺着他手指的方向看过去,地上有大大的箭头指示,写着机场方向,走过去,看到有一个立着的牌子,写着机场大巴的字样,已有几位大包小包的客人在等着了。

此刻,我才明白,我之前的所有顾虑,都是多余的。顾客所能想到的麻烦、碰到的问题,租车公司早已给出了细致体贴的解决方案。

至此,美国之旅完美平安地画上了句号,我和我的小闺蜜要全须全尾地回家了。

食太难，难于上青天

来美国之前，有朋友建议我：带个小电饭煲，可以做饭。我表面上不好拒绝，但在心中暗批：矫情！

有必要吗？出门在外，不去吃吃当地小吃，不是白旅游了？在国内只能吃到不正宗又贵的西餐、全球连锁的美式快餐，如今花了大笔机票钱到了当地，当然要吃一下当地美食了，难道还要吃米饭？我是在家吃不到米饭吗？美国的饭再怎么吃不惯也不过三周时间，怎么也能将就，何须千里迢迢把电饭煲背到美国，还嫌我的行李不够多吗？

到美国当晚，倒时差睡不着觉，在连续的飞机餐之后，肚子稍稍有些抗议了。但是刚到一个新地方，人生地不熟，女儿又已熟睡，我不敢离开房间半步。在包里搜寻食物，找到了来之前在家旁边超市里买的紫薯干，已只剩半包了，于是我喝着白水，将这半包紫薯干消灭了，这成了我踏上美国土地后吃到的第一样食物。

第二天,早饭是酒店里的,中饭是快餐。晚饭时,在酒店附近走了两条街,只找到一家餐厅,看里面的出品,又是麦当劳的同款,我已经没有胃口了,给女儿要了个汉堡,自己吃了一点薯条。我很奇怪,就算是在家里,连吃两顿汉堡快餐,也不是不能接受的,怎么到了美国,只吃到第二顿,身体就恹恹的,没有了食欲呢?

到了晚上12点左右,因为时差,女儿正精神着,身体还是原来的生物钟,距离晚饭已经过去5小时,因此又饿了。

附近除了吃晚餐的那家店,根本没有走路可以到达的餐厅了,就算有,也早已关门了。带过来的唯一食物就是那袋紫薯干,也早被我吃掉了,怎么办?对于当妈的人来说,女儿饿肚子是天下最大的事,是责无旁贷第一个要解决的问题。开动脑筋好好想一下,我记起酒店院子的自动售货机里好像有方便面。

女儿一听,兴奋得眉毛都要飞起来了:"好啊,好啊,我吃方便面。"

在国内,我极少给她吃方便面,原因不言而喻。正因为少吃,所以女儿愈加感觉美味,也愈加爱吃了。

于是,我们来到了自动售货机前,先是认真地学了一下如何购买,按照配图,一步步地操作,顺利地买到了一碗方便面。方便面是泰国的,MAMA牌的,挑了牛肉味的,拿回房间,没有开水,但是美国的自来水是可以直饮的,出门在外也讲究不了许多。

我把卫生间的水龙头热水开到最大,放出前面的凉水,就用大约五十度的温水泡面,然后放进微波炉加热半分钟,拿出来,打开盖子的一瞬间，热气蒸腾，方便面特有的香味，混合着一种异域风情的咖喱椰浆的味道，扑面而来。

我们两个中国胃，在东方食品的安抚下，终于感到了一种熨帖，这碗面连汤都被我们俩喝得一滴不剩。女儿意犹未尽，还要再吃；我刚刚吃了一口面，喝了几口汤，那种对热汤面的渴求反倒被勾引了上来，况且我只是睡前不敢多吃，而不是不想吃。此刻应女儿要求：再来一碗！

于是我们俩又来到院子中，再次买了一碗鸡肉味的面，回来如法炮制，又是一阵稀里呼噜，连汤带面一点不浪费，我这次多分了几口面和汤。

吃完，女儿满意地摸摸肚子，饱了，过去刷了个牙，上床睡了。

这一碗面，开启了我俩对东方食物的怀念，我都觉得不可理解。不过是吃了两顿汉堡，至于这么馋米饭面条吗？不过是一天没有喝茶，而喝了可乐雪碧，至于感觉发胖不消化吗？不过是吃了两次薯条，至于觉得油腻热量高吗？大夏天的，多喝点冰饮又怎么了，怎么一见热汤面就这么眼馋肚饥？

女儿在国内，是美式快餐的超级粉丝，也是方便面的拥趸，所以一碗面看不出来什么。但是我却被这么一碗面征服了，这还是带着不习惯的椰子味的面，我都那么抑制不住地爱，只能说，我的胃对于非东方的食物太抵触了。

后来几天，到吃饭的点我们都是在路边看到有餐厅就进去吃了，感觉这些店和麦当劳就是名字不同，内容没什么区别，一进餐厅，从装修到口味到菜品到样式到空气中的味道，给我的感觉都是一样的。

对我来说，这种吃饭心态和在单位吃食堂是一样的：到吃饭的点了，也懒得费脑子想，直接去食堂，方便、快捷、省钱，至于味道，不要问我，我都是食不知味的，只是为了完成一件事。

女儿还是比较开心的，她开心是因为有无限畅饮的饮料，多种口味自己随便加，这可是国内没有的福利。至于食物，她也提不起兴趣，早已失去了在国内那种对于汉堡的狂热。

她一直保持着对饮料的极高兴致。第一次进餐厅，我买完单，交给她一个空杯子，她很奇怪地看着我，问："老妈，我要的可乐呢？"

我叹口气，对她说："那边那么多种饮料，你确定只要可乐？"

她回头看看，然后很确定地说："是的，我要可乐。"她以为像在国内，只能在柜台点一种。

我笑她："小傻瓜，你自己去挑吧，想喝什么倒什么，想喝多少喝多少，前提是在餐厅，你的肚皮装得下。"

女儿一听，表情好像捡了个金元宝，充满了不可思议的狂喜。

女儿拿起空杯子跑到饮料机前，一个一个地研究，还观察别人怎么取饮料，从哪里取冰块——冰块也是她的心头挚爱，夏天在家时，她会把冰块当成糖块含在嘴里，实在搞不懂她的味蕾。

最后，她端着一杯混合饮料回来了——可乐、雪碧、芬达混在一起，还有半杯冰块，好吧，自己倒的自己喝完。她尝了一口，后来还是负责任地没有浪费，走之前又重新续了一杯可乐带上了车。

以后的行程中，她都乐滋滋地自取饮料，当然，没有再混过。她最爱的还是可乐，走之前总会把杯子续满。

除了快餐，我们还在黄石公园内峡谷区的餐厅里坐下来吃了一顿饭，攻略上说在这里要吃野牛肉。于是，我点了一份野牛肉汉堡，女儿点的是炸鸡块，主食是炸薯条，简直要为美国人在吃上想象力的贫乏而哭了。好在服务生是个帅气的小伙子，西部牛仔打扮，临近下班了，我跟他聊了几句，他毫不吝啬的笑容，稍稍冲淡了我对食物的不满。

实在吃腻了快餐，后来在黄石公园东门外的小镇，无意间发现一家餐厅，正赶上中午的饭点，于是就进来坐下了。餐厅装修得西部风十足，有一个石头砌的壁炉，上面挂着一张20世纪初餐厅主人的照片，木质的镜框。照片中主人留着肯德基上校似的白胡子，脸庞英俊瘦削，双目炯炯有神，戴着帽子。壁炉上放着一面小国旗和一个铜质的艺术化了的麋鹿，四周的墙上悬挂着雄鹿头和黑熊头，整个餐厅内部都是木质的。

我想，这么大的餐厅，这么正式的桌椅，想必可以吃些正宗的西餐，尝尝美味的菜肴了。

菜单是报纸的形式，正面介绍着主人当初如何白手起家，如何一代一代地将餐厅发展成今天这个样子；背面是菜单，很正式的样子，有开胃菜，有主菜，有主食，还有小吃和酒水。但是一细看，主菜就是牛肉、鸡肉、猪肉，做法不是烤就是炸，主食还是汉堡和炸薯条，离了汉堡美国人是不会吃饭的。

我彻底服了，点了一份烤排骨，看着给我配的主食炸薯条，心里好馋米饭，如能再来一碟绿油油的炒青菜，那就完美了；女儿要的是儿童套餐，装在一个带着长把手的瓢一样的陶瓷器皿中端上来，鸡胸肉切成长条状裹面炸了，配上炸薯条和一小碟白乎乎的蘸料。真心想对服务员说：拜托！这个在我们那儿是下午茶的小食，不是正餐啊，还有食物不要炸来炸去的好不好，这样吃着能不上火吗？

等餐的时候，看见服务员端着一大托盘的汉堡薯条和饮料送到餐厅外面，那儿有六七个着机车装的壮汉，穿着牛仔靴，戴着护膝，系着头巾，衣服上满是铆钉。餐厅前的草坪上停着他们的机车，他们就坐在阳台的桌前，每人拿着一个汉堡大吃，风卷残云般消灭了食物后，又结伴呼啸着离去。

从此，我对美国的餐厅再也不抱任何幻想了，正式的餐厅和快餐店的区别，就是汉堡是装在盘子里由服务员端上来，还是放在纸包里由自己端到座位前。我后来每到一个城市，就会去找沃尔玛超市，买来许多方便面、大面包、咸肉、香肠、烤鸡、水果、袋装的蔬菜沙拉、大包的谷物圈，然后自己搭配着解决吃饭问题，比进餐厅更省时省钱，甚至更美味。

有时为赶路，就让女儿给我撕块面包，夹两片咸肉香肠，递给我充当午饭，这样吃起来也味道不差，超市里买来的熟肉都很好吃，吃完再从蔬菜沙拉中拈两片菜叶子吃，去去腻。晚餐会把香肠切块放进泡面中，放微波炉里热一下，或是配上沃尔玛的烤鸡，也是一顿美餐，吃完再吃几把车厘子，觉得比进餐厅要满足得多。

我们在黄石公园东门外住的是乡村小旅馆，那天我早起后在附近闲逛，天气很冷，我裹紧了身上的外套，无意中看到一家女主人正准备吃早饭。看看桌上，一杯冰冷的橘子汁和两块饼干，我感觉更冷了。我回到旅馆，看到早餐已摆出来了，就是冰饮和面包，顿时一点胃口都没了，索性到房间里把牛奶加热后，泡了些谷物圈和可可圈，这样才吃上了一顿热乎的早餐。

若说美国的食物全都单调难吃，那也不是事实，肯定也有许多好吃的餐厅，不过我们一路上要赶路，没有提前做攻略，更没有花心思去找。就算如此，我们还是在美国吃到了念念不忘的一餐，那就是宝灵蟹（The Boiling Crab）餐厅，是吃海鲜的，也叫无餐具餐厅，是网上大力推荐的，也是唯一一间我们提前做了功课的餐厅。

那天本来要从悬崖小屋赶过去吃午饭，但因为悬崖小屋那里的无敌海景太美了，女儿玩得不亦乐乎，于是我们耽搁了两三小时，到达预定餐厅已经下午4：30了。

餐厅外表看起来很平常，不像网红店。一进门，一个帅气阳光的小伙子把我们引到座位上，然后就直接在桌上铺一张很大的纸当作桌布，再给我们俩每人一个一次性的围兜，没有餐具。

菜单来了，龙虾、长脚蟹、贝类、小龙虾等应有尽有，点餐的时候是一磅一磅地点，我不知道味道如何，所以还是比较谨慎的，点了一磅长脚蟹、一磅虾，要选择酱，就选了两种不同口味的，再给女儿点了一杯饮料。

虽然网上对这家餐厅好评如潮，但我还是不太敢放开点，因为之前美国食物给我的印象并不好，所以我生怕这家店的酱汁会做成什么奇怪的异域风情。

我对这种吃饭的形式特别期待。等待时，看别的桌上，一家老老小小，纷纷撸起袖子，拆壳破皮，那真叫一个痛快！而且店里不提供一次性手套，上菜时是用小铁桶上菜，桶里面是一个个塑料袋，烹制好的食物盛在袋中，直接放到桌上。

我趁着菜还没来，先和女儿去旁边卫生间洗手，做好一切餐前的准备，就等着期待已久的大餐了。

上餐速度还是挺快的，不多一会儿，一袋子红灿灿的虾和一袋子长长的蟹脚上来了，袋子底部有浓稠的酱汁，虾的酱汁是红色的，稍稍有些辣，蟹的酱汁是黄色的，带着点咖喱的味道。还等什么？直接上手开吃了。

随着食物送来的还有两个工具，可能是怕蟹壳太硬，手指无力，所以配了一个钳子一样的工具，便于夹开硬壳。

这味道，简直是，太好吃了！

酱汁咸香适中，蟹脚清甜多汁，口感层次丰富，绝对新鲜，而且长长的蟹脚里满满的全是肉；相较之下，虾就稍逊一筹，虾肉缺了点弹牙的口感，酱汁的辣，空口吃有些强烈了。

这绝对是我来美国后吃到的最好吃的食物。

吃了两分钟后，我就觉得点少了，而且应该加点主食，这两样固然好吃，但不当饭啊，还是想吃点碳水化合物，这样心里才不觉得发慌。

于是，我又加点了一袋子蟹，主食选择了玉米。实在是不想吃土豆了，在我心中，玉米还能跟主食靠点边，土豆就是菜啊！

这次是真正吃到舔手指，我仔仔细细地把每一点肉都啃干净了。付了钱，留下小费，和女儿刚走出门，我便忍不住地说："我们明天再来吃一顿吧？太好吃了。"

女儿自然没有意见，说："好啊，明天我要点两磅蟹脚。"

我说："明天再点，要尝尝别的东西，像鱼类、贝类，都要点来试试，还有，要当成一顿正餐吃，就要有主食了。"

我一本正经地跟女儿讨论着，但其实明白，明天就不知道开到哪里了，怎么可能再返回这里吃呢？我记得广州好像就有这样的无餐具餐厅，女儿跃跃欲试地说，回去后我们一定要去广州的餐厅大吃一顿。

这还是在美国的第一次，从餐厅出来之后，居然还能再想着食物。

除了这一餐，还有一次早餐，令我体会到，食物也遵循简单就是美的真谛。

这是一家"乡村旅馆"，旅馆提供的早餐中，除了吐司、糖浆、冷牛奶、谷物圈，居然还有煮鸡蛋，更令人惊喜的是，旁边还有盐。

我不知道美国人究竟有多么爱吃甜食，但早餐桌上能提供盐，简直像收到雪中送炭的大礼包了，我才深刻地体会到，盐有着神奇的力量，能激发出平凡食物中的灵魂。

我随意拿来一个煮鸡蛋，剥开，用餐刀切成两半，这一切的动作都是下意识的行为，直到看着切开的鸡蛋，又无意识地瞄到了桌上的盐，"叮"的一下，那一刻仿佛被灵感击中，一个念头猝不及防地跳进了我的脑海中。我伸手拿了一小包盐，撕开，然后撒在鸡蛋的切面上，细细地嚼了起来，居然那么美味，美味到无法用语言形容，原本平淡的食物，每一个分子的活力都被激发了出来。

女儿看到了，抢过来尝了一口，二话不说，如法炮制，连吃了两个鸡蛋。

女儿的表现，让我想起了小时候看过的一个关于盐的童话：

国王生日，他的三个女儿送来生日礼物。大公主送的是钻石，二公主送的是海底的黑珍珠，他最疼爱的小公主送的却是一瓶盐。国王有些生气，说："你姐姐们的爱一个像钻石一样无价，一个像珍珠一样宝贵，而你的爱只像盐？如果你想送给我吃的东西，我想要鱼子酱，而不是盐，盐太普通了。"小公主很沮丧，于是她想了个办法，给她父王做了一顿不加盐的晚餐。国王吃着，觉得无论是牛肉还是蛋饼，看上去都很正常，但吃起来味道却不对。这时小公主走上来，说："我对父王的爱像盐一样珍贵。"说完把盐撒在国王的食物上，一切食物都变得美味了。国王这才明白了，高兴地说："谢谢你送给我一份这么珍贵的礼物。"

后来，回到家中，女儿还多次提起，煮鸡蛋加盐，在美国吃过，真好吃。

有了这次的经验，我们在后面的行程中，就注意随时收集一些盐，然后在吃超市买的烤鸡时，再也不怕那又大又白的鸡胸肉了，只要随手撒上一些，再放入微波炉中热一下，一份美味可口的大餐就完成了。

平平淡淡不起眼的盐，还真是蕴藏着化腐朽为神奇的力量。

当然，我也见识到了一些陌生而奇怪的食材。在加州南边的一个小镇上，突然多出了半天的空闲时间，正好住处对面有一家食品超市，百无聊赖的我们就过去闲转了一圈。里面很大，像个大卖场一样，有着许多高到天花板的货架，摆放着满满的食物，包装花花绿绿的，虽然看得我眼花缭乱，却没有勾起我的食欲。走到旁边稍空旷一点的地方，那里摆放了许多辆巨大的货架车，我在一个车上看到了许多仙人掌，上面还有刺，堆在那里，和旁边的苹果、香蕉一起，我们好奇地看了又看。这个怎么吃？是削了皮还是拔掉刺就可以吃了？是直接生吃、切块拌沙拉还是煮熟了吃、烤着吃？是什么味道？是普通的仙人掌还是专门培植的可食用仙人掌？我的脑海中浮现出一个场景，两个墨西哥人站在沙漠中，戴着大草帽，背着吉他，载歌载舞，旁边是一人多高的仙人掌。真是天下之大，无奇不有，靠山吃山，靠水吃水，靠着沙漠吃仙人掌，人类在这个星球上生活，可真强悍！

随着行程接近尾声，吃饭早已经成了填饱肚子的一项工作，失去了品尝美食的意义，肠胃也似乎接近麻木了，我给它塞下去什么，它就接受什么，不期待，不抗议，不惊喜，亦不罢工。我对于美食的向往，也缩减为一顿麻辣烫或是一碟炒青菜了。

回到家的那一刻，肠胃也重新活了过来，看到那整整一条街的家常小吃，我激动得要哭出来了。

回来后，我们吃的第一顿饭是——饺子。

平等与赞美

记得许多年前,三毛写过一篇文章叫《西风不识相》,是关于她在西班牙、德国、美国做国民外交时遭遇的一些与人相处上的问题,由此而引发的一些思考与感悟。

我没有像三毛那样,在西方社会中如此深入地、长久地生活过,因此对于相处的规范,并没有太多可评论的。我想到叔本华的话,也许更贴合我此次的感受:"社交的起因在于人们生活的单调和空虚。社交的需要驱使他们来到一起,但各自具有的许多令人厌憎的品行又驱使他们分开。终于,他们找到了能彼此容忍的适当距离,那就是礼貌。"

在美短短的二十来天,与美国社会也仅仅只是浅显地接触,因为带着我的小闺蜜,所以他们对于孩子的教育观念,会让我格外关注。

我们在拉斯维加斯时,晚上在宫殿般的酒店内迷路了,转来转去,不知道来到哪里了,游客也不见了,几个空荡荡的大厅,看不到一个人。正在着急,忽然看见另一个大厅的门口有个上夜班的保安,忙走过去问路。他不仅和气地给我指路,还主动地问我:"这是你女儿?"

我忙介绍:"是的,这是我女儿。"然后用中文对女儿说:"快点跟这个叔叔问好。"

女儿就对他说:"Hello!"

那位人高马大的帅气保安便弯下腰来,以平视的目光,与我女儿聊了好几句,诸如从哪里来,去过了哪几个城市,喜不喜欢拉斯维加斯,等等。

我们走的时候,他还专门伸出手来,与女儿握手道别。他的这一套做法,对于一个中国孩子来说,是一种陌生的体验,但很享受。

后来发现,他们从不轻视或忽略孩子,也从来不会把她看成一个不懂事的个体,总是会主动握一下手,认认真真地与我女儿认识一下,聊上几句,态度认真而且平等,身体也是半蹲,总之从不会在高度上给我女儿一个压力。

在这种社会大环境下成长起来的孩子们呢?他们又会是什么表现?

我们在美西商场里面逛的时候,有一面极大的可以动作感应的液晶屏,一个五六岁的男孩子,正站在屏幕前专注地玩着切西瓜的游戏,他双臂左劈右砍,液晶屏感应到他的动作,便在游戏中化为一把把刀,将水果纷纷砍落。屏幕是静音的,这个孩子也是安安静静地玩，只是偶尔失手时，会小声地叹息一下，他旁边还站了一个两三岁的男孩子，看着他玩，估计是他的弟弟，周围看了一眼，没见到有大人，可能是在附近店里购物吧。

女儿被这个游戏吸引住了，也要玩，我们站在旁边看这个男孩子玩了三四局，仍然没有停住的意思。我想，他可能是没有意识到，我们站在旁边是排队等待玩游戏，他一定以为我们也是观战。

于是，我在一场游戏结束后，让女儿过去跟他说，能否轮流玩。他一听便爽快地让给了女儿，而他并没有走，只是站在一边观战。

女儿玩得好，他便跟着露出兴奋的表情；女儿失手了，他也会跟着惋惜一声；女儿玩了两三局后，便把游戏还给了他。

这整个过程，这个男孩子都表现得安静、克制、有礼貌，有这样的哥哥做榜样，那个两三岁的小弟弟自然也是乖巧安静的。

还有一次，是在一个服务区，一个看上去五六岁大的小姑娘，金色的头发，白皙的皮肤，很漂亮的蓝眼睛，她和她父母在旁边的长凳上休息，看见我们这对东方的母女，便跑了过来，跟我女儿聊天，并不用她父母教，就拿了两个胡萝卜给我女儿，说："这个给你，那个给你妈妈。"我在旁边看到，瞬间觉得心中好暖。

我给女儿买了一件迪士尼的艾莎公主裙，当女儿穿上这件衣服时，她会收获许多的赞美，尤其是来自孩子的。一次带她逛超市，一路上碰到的小女孩，从三四岁到十来岁，有的是停下来拉住女儿的手，有的是伸手摸摸她的裙子，有的仅仅是擦肩而过，几乎都会主动地对女儿说："我喜欢你的裙子！""你的裙子真漂亮！""你

真漂亮！""好漂亮的裙子！"

她们总是及时地、毫不吝啬地、真诚地表达着自己的喜欢，她们从小在赞美声中长大，因此会充满自信，正因为有了自信，才会更主动真诚地赞美别人。

后　记

　　无论去哪里旅游，我都喜欢带上我的小闺蜜，她不是我的附属物，她是一个独立的个体。当做父母的意识到这一点时，便会发现，生活中，孩子会处处送给我们惊喜。

　　我想起了纪伯伦的那首诗《你的儿女其实不是你的》：

你的儿女，其实不是你的儿女。
他们是生命对于自身渴望而诞生的孩子。
他们借助你来到这世界，却非因你而来，
他们在你身旁，却并不属于你。
你可以给予他们的是你的爱，却不是你的想法，
因为他们有自己的思想。
你可以庇护的是他们的身体，却不是他们的灵魂，
因为他们的灵魂属于明天，属于你做梦也无法到达的明天。

你可以拼尽全力，变得像他们一样，
却不要让他们变得和你一样，
因为生命不会后退，也不在过去停留。
你是弓，儿女是从你那里射出的箭。
弓箭手望着未来之路上的箭靶，
他用尽力气将你拉开，使他的箭射得又快又远。
怀着快乐的心情，在弓箭手的手中弯曲吧，
因为他爱一路飞翔的箭，也爱无比稳定的弓。

我喜欢旅游，固然是因为在旅途中能见到壮美的自然风光与灿烂的人文景观。但旅游最吸引我的，还是一路上可以与各种各样不同的人打交道，见识他们的生活模式与思维模式，这些会给我许多启发：原来生活本就没有"应该做什么，不应该做什么"或"到什么年纪该做什么事"的概念。我们每个成年人的心中都会有一个看不见的框架，这个框架是我们在成长过程中一步步建起来的，当意识到这一点时，以后的人生，便是一个逐步打破框架藩篱并不断重新建立的过程，这就是成长。生命，便在这样一个由立至破再到立的过程中变得独特、丰富、美丽、精彩，并且有了厚度。